Scherz Krimi
Spannung
mit Niveau

Lady-Krimis

Marcia Muller

Es ist nicht alles Gold

Roman

Scherz

Einmalige Ausgabe 1996
Einzig berechtigte Übertragung aus dem Amerikanischen
von Mechtild Sandberg-Ciletti
Titel des Originals: »Edwin of the Iron Shoes«
(Früher bei Scherz erschienen unter dem deutschen Titel:
»Das Geheimnis von Edwin Eisenschuh«)

Umschlaggestaltung: Barbara Hanke

1

Ich blieb neben dem Wagen stehen und wartete, bis der Bus, dessen Kontaktarm zischend die Oberleitung entlangglitt, vorübergefahren war. Durch die erleuchteten Fenster konnte ich sehen, daß der Bus bis auf den Fahrer und einen einsamen Fahrgast leer war. Es war zwei Uhr morgens.
Als die Straße frei war, ging ich hinüber, wo sich die Lichter der Polizeifahrzeuge und des Rettungswagens im nassen Asphalt spiegelten. Es mußte ziemlich schlimm sein.
Ungefähr eine Dreiviertelstunde zuvor hatte mich das beharrliche Läuten des Telefons aus süßem Schlaf gerissen, und mein Brötchengeber hatte gesagt: »Sharon, komm in die Salem Street. Ich erwarte dich vor Joan Albrittons Laden.«
Hank Zahn, einer der Rechtsanwälte der Pro te Kooperative, einer privaten Rechtsschutzorganisation in San Francisco, hätte seine Rechercheurin niemals ohne triftigen Grund mitten in der Nacht aus dem Bett geholt.
Ich richtete mich verschlafen auf und sagte: »Hat da vielleicht wieder jemand ein Feuerchen gelegt?«
»Nein, es ist viel schlimmer. Diesmal ist es Mord.«
»Ich bin in spätestens einer halben Stunde da.«
Er legte auf, noch ehe ich ausgesprochen hatte, und mir wurde bewußt, daß er mir nicht einmal gesagt hatte, wer überhaupt getötet worden war.
Als ich mich jetzt durch das Gedränge der Neugierigen schob, sah ich Hank an der Tür zu Joan Albrittons Antiquitätengeschäft stehen, wo er sich mit einem blonden Mann im hellen Trenchcoat unterhielt. Hank war beinahe ebenso groß wie der andere Mann, wirkte aber schlaksig neben ihm, als seien seine langen Gliedmaßen an den Gelenken mit Büroklammern zusammengehalten. Wie immer hatte er seinen Mantel zu Hause liegen gelassen, und seine Cordjakke hatte dunkle Wasserflecken. In der regenfeuchten Luft krauste sich sein hellbraunes Haar noch mehr als sonst.

Als ich mich den beiden näherte, zog Hank mich gleich in den Schutz der Türnische.
»Das ist Miss McCone, Sharon McCone, unsere Rechercheurin«, sagte er zu dem großen Mann. Zu mir gewandt fügte er hinzu: »Lieutenant Gregory Marcus vom Morddezernat.«
Marcus, helle Augen unter vollen, dunklen Brauen, musterte mich mit einem kurzen, scharfen Blick.
»Sie sind den Brandstiftungen und den Fällen von Vandalismus hier in der Gegend nachgegangen, nicht wahr?« Mit einer Geste umschloß er die ganze Straße.
Ich bejahte.
Marcus zögerte einen Moment, und ich machte mich bereits auf eine Variante des üblichen Kommentars gefaßt, der da lautet: Was hat denn ein hübsches Mädchen wie Sie mit solchen häßlichen Geschichten zu tun?
Doch damit verschonte der Lieutenant mich. Statt dessen zog er die Mundwinkel ein wenig herab und sagte: »Wir brauchen auf jeden Fall Ihre Aussage, aber das hat Zeit bis morgen früh. Im Augenblick können wir hier nichts weiter tun, als den Freunden von der Spurensicherung freie Bahn zu lassen und die Leiche wegzubringen.«
Er wandte sich ab, um einem uniformierten Beamten zu winken.
Ich faßte Hank am Arm. »Wer ist es, Hank? Du hast vergessen, es mir zu sagen.«
»Joan Albritton.«
Mir wurde ganz elend. Joan Albritton, eine Mandantin Hanks, war eine energische kleine Person, Antiquitätenhändlerin, die mit ihren siebenundfünfzig Jahren mehr Vitalität besaß als die meisten Leute, die nur halb so alt waren wie sie. Was? Was ist da passiert.
»Ach Gott«, sagte ich leise. »Wer hat das getan?«
»Das weiß man nicht. Es gibt bis jetzt keine Hinweise. Die Polizei meint, daß sie mit einem ihrer eigenen Messer erstochen worden ist – aus einer Vitrine neben der Kasse.«
Ich fing an zu zittern, hatte Mühe, mich zu beherrschen.

»Wie hast du es so schnell erfahren?« fragte ich.
»Charlie Cornish hat mich angerufen.« Charlie gehörte der Trödlerladen gegenüber. »Am besten, wir gehen zu ihm rüber. Er hat wenigstens einen warmen Kaffee, und hier können wir sowieso nichts tun.«
Sie trugen jetzt die Leiche heraus. Wir wichen von der Ladentür auf die Straße zurück, und ich verlor Hank im Gewühl. Aus dem Regen war feiner, feuchter Dunst geworden – typisches Wetter für San Francisco im Februar. Ich warf nur einen kurzen Blick auf die zugedeckte Gestalt auf der Trage, dann wandte ich mich ab. Im selben Moment sah ich Lieutenant Marcus.
Ich drängte mich zu ihm.
»Lieutenant Marcus«, sagte ich, »kann ich mich mal im Laden umsehen?«
Er sah mich nachdenklich an, zögerte. »Hm, Sie sind also Zahns Rechercheurin, wie?« Er zuckte die Achseln und brachte mich zur Tür.
Drei Steinstufen führten in den Laden hinunter, der sich im Souterrain befand. Ich stolperte, aber Marcus schob mir die Hand unter den Arm und hielt mich. Der vordere Verkaufsraum, im allgemeinen schummrig wie eine Höhle, war von Scheinwerfern blendend erleuchtet.
Ich starrte auf die Kreideskizze auf dem Boden, nicht weit von der antiquierten Registrierkasse. Die Kreidestriche umrissen einen kleinen Körper. Joan Albritton war eine zierliche kleine Frau gewesen. Sie war seitlich zu Boden gestürzt, einen Arm abgewinkelt. Der Perserteppich hatte dunkle Flecken.
Automatisch sah ich zu den vergitterten kleinen Fenstern hinüber, die bei Tag schwaches Licht in den Ladenraum ließen.
»Nein, es war kein Einbruch«, bemerkte Marcus ungeduldig. »Weder hier noch im Hinterzimmer gibt es Spuren gewaltsamen Eindringens. Sie muß den Täter selbst hereingelassen haben.«

Seine Hand umfaßte noch immer meinen Ellbogen. Ich trat von ihm weg.
»Das Messer ist aus dieser Vitrine?« Ich wies auf einen kleinen Glasschrank, wo Joan Albritton ihre wertvollsten Objekte aufbewahrt hatte; Schmuck, altes Silber und alte Münzen.
Er nickte. »Vermutlich, Sie sehen ja den Kasten mit den Messern dort, die mit dem Beingriff – sie sehen eigentlich mehr wie Dolche aus. Eines davon fehlt. Der Polizeiarzt sagte, Albrittons Verletzungen könnten von einem dieser Messer herrühren.«
Ich sah mir die Vitrine an, ohne sie zu berühren, obwohl mir die Puderspuren sagten, daß die Spurensicherung hier schon gewesen war. Vier zweischneidige Messer mit roh geschnitzten Beingriffen lagen in einem mit Samt ausgeschlagenen Kasten. Der Platz für das fünfte Messer war leer. Die Klingen waren lang und spitz. Ich schluckte krampfhaft.
»Die Vitrine war immer abgeschlossen«, bemerkte ich. »Den Schlüssel trug sie an einem Kettchen um ihren Hals.«
»Heute abend nicht. Der Schlüssel steckt.« Marcus zeigte auf die feine Goldkette, die von dem Schlüssel herabhing. Sie war unversehrt.
»Dann muß sie den Schrank selbst aufgemacht haben. Wer hat sie gefunden?«
»Ein Mann von gegenüber. Ein gewisser Cornish. Er sagte, er hätte gewußt, daß sie länger bleiben mußte, weil sie Inventur machte, und wollte ihr eine Tasse Kaffee anbieten. Die Tür war offen, und da hat er sie gefunden.« Marcus wies auf die Kreidezeichnung.
Seufzend drehte ich mich um. Der Raum wirkte fremd im blendenden Licht, aber alles war wie sonst. Möbelstücke überall, Sofas, Tische, Kommoden, Stühle und Sessel. Die Gänge dazwischen waren gerade so breit, daß sich ein einzelner Mensch durchzwängen konnte. Auf Tischen und

Stühlen standen die kleineren Objekte: Vasen, Lampen, Bilder, alte Bücher.
Ich wanderte durch die gewundenen Gänge, spürte, wie Marcus' Blick mir folgte, während ich scheu einige der Gegenstände berührte, die Joan besonders ans Herz gewachsen waren: Clotilde, eine französische Schneiderpuppe; Bruno, den ausgestopften Schäferhund; Edwin Eisenschuh. Das waren Joan Albrittons Freunde gewesen, unverkäuflich, mit denen sie manches Zwiegespräch geführt hatte, wenn ihr die Zeit im Laden lang geworden war.
Vor Edwin, der kleinen männlichen Schaufensterpuppe, deren Füße in schweren Schuhen aus Eisen steckten, blieb ich stehen. Edwin, hatte mir Joan einmal erklärt, sei ein ausgesprochener Kunstliebhaber. Mit wachen Augen blickte er auf ein Ölgemälde an der Wand vor ihm, das eine Madonna mit Kind zeigte.
Als ich mich umdrehte, sah ich, daß Marcus mich stirnrunzelnd beobachtete. In meinem Beruf passiert es mir oft, daß ich die Leute verärgere, allerdings fiel mir beim besten Willen nichts ein, womit ich mich beim Lieutenant womöglich unbeliebt gemacht hatte.
Ich beschloß, seinen Blick einfach zu ignorieren, und sagte nur: »Vielen Dank, daß Sie mir erlaubt haben, mich hier umzusehen.«
Er nickte. »Ich wäre Ihnen dankbar, wenn Sie gleich morgen vormittag auf die Dienststelle kommen könnten, um uns etwas über diese Straße zu erzählen. Es hat sich doch um Brandstiftungen gehandelt, nicht wahr?«
»Brandstiftungen und andere Arten von Vandalismus. Zum Beispiel wurden mit Ziegelsteinen Fenster eingeworfen, oder die ganze Straße war mit Abfällen übersät, oder es war alles von Stink- und Rauchbombem vernebelt. Es hat mehrere größere Brände gegeben, deshalb stehen die beiden Häuser rechts und links von hier leer. Man bat mich um Hilfe, weil die Händler hier in der Straße glaubten, sie sollten hier hinausgedrängt werden, damit jemand den ganzen

Block in Bausch und Bogen kaufen kann. Und genau so ist es dann geschehen: die Stadt gab sämtliche Häuser in diesem und im nächsten Block zum Abbruch frei. Und zwar nicht mal zwei Wochen nachdem ich meine Arbeit aufgenommen hatte.«
»Und wieso gerade Sie?«
»Hank Zahn ist – war Joan Albrittons Anwalt. Als die Händler bei der Polizei auf mehr oder weniger taube Ohren stießen, riefen sie Hank an, um ihn um Rat zu fragen. Er schickte mich zu einem Gespräch hierher. Ich erledige häufig Aufträge dieser Art für die Mandanten der Kooperative.«
Als ich das von den tauben Ohren der Polizei gesagt hatte, war Marcus' Gesicht ein bißchen verschlossen geworden, aber jetzt sagte er nur: »Interessant. Bitte vergessen Sie nicht, morgen bei uns vorbeizukommen.«
Der Notarztwagen war abgefahren, ein Teil der Menge hatte sich zerstreut, als wir aus dem Laden auf die Straße traten. Im Schaufenster des Trödelladens auf der anderen Straßenseite brannte Licht. Hank wartete dort vermutlich auf mich, während er mit Charlie Cornish Kaffee trank. Ich verabschiedete mich von Marcus und lief hinüber. Ich wollte mit Charlie reden, hoffte, er würde sich trotz seines Kummers an etwas Nützliches erinnern, was ich meiner Aussage vor der Polizei hinzufügen konnte.

2

Ich klopfte an die Ladentür des Trödelladens. Charlie Cornish, ungefähr fünfundfünfzig, grauhaarig, in einem alten Arbeitsanzug aus Armeebeständen, machte mir auf. Seine Augen waren rot und verschwollen, sein langes Haar war wirr, als hätte er es sich vor Kummer gerauft.
»Es tut mir sehr leid, Charlie. Sie hat Ihnen viel bedeutet, nicht wahr?«
»Ja. Ja. Kommen Sie rein. Ich hab heißen Kaffee da. Ich

wollte Joanie fragen, ob sie auf eine Tasse rüberkommen wollte, als –« Die rauhe Stimme brach.
Ich trat in den Laden. Eine schwache Birne unter einem grünen Glasschirm erleuchtete die Ecke, die Charlie als Büro diente. Auf dem narbigen alten Schreibtisch aus Eiche stand ein elektrischer Zwei-Platten-Kocher. Hank saß auf einem steiflehnigen Stuhl neben dem Schreibtisch. Als er mich sah, stand er auf und goß mir Kaffee in eine Porzellantasse mit Sprung. Er gab sie mir und warf dann einen sorgenvollen Blick auf Charlie, der in seinem alten Drehsessel zusammengesunken saß.
Am liebsten mochte ich an Hank, der nicht nur mein Arbeitgeber, sondern auch ein guter Freund war, seine Teilnahme am Schicksal anderer. Aus dieser menschlichen Anteilnahme heraus war die Kooperative entstanden, die er mit drei anderen Anwälten zusammen gegründet hatte, um den Mitgliedern Rechtsschutz zu vertretbaren Preisen bieten zu können. Hank war fünfunddreißig, seit neun Jahren im Familienrecht tätig, aber er war darüber nicht zum Zyniker geworden.
Jetzt sah er mit besorgtem Blick von Charlie zu mir und dann wieder zurück zu Charlie.
Ich setzte mich neben ihn auf einen ebenso unbequemen Stuhl. Mir war kalt. Der alte Kram, den Charlie hier verhökerte – alte Öfen, Matratzen, primitive Holzmöbel – war in Dunkelheit gehüllt.
So behutsam wie möglich fragte ich Charlie: »Wann haben Sie sie gefunden?«
»Ungefähr halb zwei.« Charlie rieb sich die Augen. »Ich hatte irgendwie keine Ruhe, weil sie da drüben mitten in der Nacht ganz allein war. Außerdem wußte ich, daß sie nicht zu Abend gegessen hatte, und ich dachte, eine Pause würde ihr guttun. Die Tür war offen, als ich rüberkam, und Joanie –« Wieder brach er ab, stützte den Kopf in die Hände.
Ich sah Hank an, dann trank ich einen Schluck Kaffee.

»Sie müssen rauskriegen, wer das getan hat«, sagte Charlie beinahe im Befehlston.
»Ich glaube, das ist Sache der Polizei«, erwiderte ich. »Die sind da besser gerüstet als ich.«
»Die Polizei?« sagte Charlie verächtlich. »Was haben die denn im Herbst für uns getan, als unsere Fenster eingeschlagen und unsere Häuser in Brand gesteckt wurden? Keinen Finger haben die gerührt; für die sind wir doch nichts weiter als eine Bande mickriger kleiner Händler. Die Polizei kann mir echt gestohlen bleiben.«
»Aber ein Mord, Charlie...«
Ich war schon bei den Ermittlungen in Mordfällen beteiligt gewesen, aber im allgemeinen beschränkte sich meine Tätigkeit auf harmlosere Fälle. Die Mandanten der Kooperative waren nicht von der gewalttätigen Sorte; größtenteils rechtschaffene Bürger, häufig Angehörige von Minderheitsgruppen, in der unteren bis mittleren Einkommensklasse. Ein typischer Mandant vertrat liberale Ansichten, trug sich mit dem Gedanken eines »alternativen« Lebens und würde sich niemals etwas Schlimmeres zuschulden kommen lassen, als eine Marihuanapflanze im Blumenkasten zu züchten.
»Sharon«, sagte Charlie eindringlich, »die Händler hier brauchen jemand, der ihre Interessen vertritt, Joanies Interessen. Den Bullen sind wir doch schnurz.«
Wieder sah ich Hank an.
»Das kommt auf Hank an, Charlie«, antwortete ich. »Ich bin in der Kooperative nur die Rechercheurin. Die anderen Anwälte brauchen mich auch. Ich muß Beweismaterial sichern, mit Zeugen sprechen – ich kann nicht einfach alles stehen- und liegenlassen.«
Hank kratzte sich, wie immer, wenn er unruhig war, am Kopf.
»Joan Albritton war eine Mandantin wie alle anderen Mitglieder der Kooperative. Ich denke, man könnte die Ansicht vertreten, daß unsere Verpflichtung ihr gegenüber über ihren Tod hinausreicht.« Er zögerte einen Moment, und ein

spitzbübisches Blitzen zeigte sich in seinen Augen. »Warum eigentlich nicht? Recherchiere ruhig, Sharon. Ehe du zu uns kamst, mußten wir alle unsere eigenen Recherchen machen. Bringt meine faulen Kollegen vielleicht ein bißchen auf Trab, wenn sie mal wieder nur auf sich selbst gestellt sind.«

Ich merkte, daß sich etwas wie Jagdfieber in mir regte. Mordfälle gab es nicht alle Tage, und hinzu kam, daß ich mich in diesem Fall persönlich angesprochen fühlte. Ich hatte Joan Albritton zwar nicht sehr lange gekannt, aber sie hatte zu den Menschen gehört, die einen mit ihrer Herzlichkeit rasch für sich gewannen. Ihr Tod hatte mich tiefer getroffen, als ich mir anmerken ließ.

»Okay«, sagte ich, »wenn es dir recht ist, dann werde ich versuchen, der Sache auf den Grund zu gehen.«

»Sie haben aber vorher auch nichts rausgekriegt.«

Charlies plötzlicher Umschwung überraschte mich, aber die Anklage tat nicht weh. Sie traf ja zu. Ich hatte tatsächlich nichts von Wert herausbekommen.

»Das stimmt. Aber die Belästigungen hörten immerhin auf.«

»Ja. Bis heute abend.«

Ich nickte. Auch das konnte ich nicht bestreiten.

Hank räusperte sich. »Sie müssen fair sein, Charlie. Sharon hatte den Kreis schon zusammengezogen, aber sie kam nicht an die Beweise heran. Und ohne Beweise –«

»Ach, zum Teufel mit euren Beweisen. Joanie hilft das jetzt auch nichts mehr.« Charlie fuhr sich mit den Fingern durch das zerraufte Haar. »Ich geh rüber, die Tür steht halb offen, und da liegt sie – vollkommen still. Ich ruf ihren Namen, fühl ihren Puls. Nichts. Blut auf dem Teppich. Ach, Joanie! Und Sie reden von Beweisen.«

»War die Glasvitrine offen?« fragte ich.

»Ja. Die war schon – ich denke, die war offen, seit sie mit der Inventur angefangen hatte. Sie mußte ja jedes einzelne Stück aufnehmen.«

»Ja, vermutlich. Fiel Ihnen auf, daß eines der Messer fehlte?«
»Genau. Das sind gräßliche Messer, so scharf und spitz...«
Er geriet ins Stocken und verstummte.
»Ist Ihnen sonst etwas Ungewöhnliches aufgefallen? Stand vielleicht etwas nicht am richtigen Platz? Oder fehlte etwas?«
»Ob mir was Ungewöhnliches aufgefallen ist?« Er schrie mir seinen Schmerz ins Gesicht. »Wo Joanie da tot auf dem Boden lag? Ist Ihnen das nicht ungewöhnlich genug? Wenn Sie diesem zerstörerischen Gesindel das Handwerk gelegt hätten, wäre Joanie jetzt nicht tot.«
Ich erkannte, wie sinnlos ihm meine Frage erscheinen mußte, und wünschte, ich wäre etwas taktvoller gewesen.
»Charlie«, sagte Hank, »Sie wissen genau, daß es nicht Sharons Schuld ist.«
»Nein, Hank, laß nur, er hat wahrscheinlich recht.« Ich lenkte das Gespräch wieder auf die ursprüngliche Bahn. »Aber wir können unsere Zeit mit gegenseitigen Vorwürfen verschwenden, ohne daß es uns dem Mörder näherbringt. Soll ich versuchen, ihn zu finden, Charlie? Ja oder nein?«
Die nüchternen Worte wirkten beruhigend auf ihn.
»Ich denke, als Vorsitzender der Händlergenossenschaft habe ich die Vollmacht, Sie zu engagieren. Wir werden darüber selbstverständlich noch in aller Form abstimmen, aber die anderen schließen sich immer mir an.« Mit einem schiefen Grinsen fügte er hinzu: »Das gehört zur Tradition der Händlergenossenschaft – man schließt sich immer der Auffassung des Präsidenten an. Sonst müßten ja die Mitglieder selber was arbeiten.«
Wieder einmal, wie fast immer, wenn ich mich mit Charlie unterhielt, fiel mir auf, daß er sich nicht wie ein alter Trödler ausdrückte. Ich hätte gern gewußt, woher er eigentlich kam, was für eine Ausbildung er genossen hatte. Aber von Charlie Cornish würde ich darüber nichts erfahren. Er tat immer so, als wäre er zwanzig Jahre zuvor als fertiger Trödler dem

Boden der Salem Street entsprungen. Vielleicht hatte Joan Albritton, seine engste Freundin und ehemalige Geliebte, sein Geheimnis gekannt, aber jetzt mit ihrem Tod war es noch weniger möglich, an ihn heranzukommen.
»Was ist mit diesem Lieutenant Marcus?« sagte ich zu Hank.
»Wie meinst du das?«
»Na, wie wird der sich dazu stellen, wenn eine Privatdetektivin in seinem Revier herumstöbert?«
»Greg Marcus ist einer der entgegenkommendsten Beamten bei unserer Polizei. Ich meine, er hat dir ja schließlich auch erlaubt, dich im Laden umzusehen. Ich denke, mit ihm kann ich zu einer Vereinbarung kommen. Vielleicht können wir die Nachlaßverwaltung, die mir ja obliegt, als Aufhänger nehmen. Du könntest beispielsweise die Inventur zu Ende bringen; wir brauchen zur Abwicklung der Formalitäten eine Schätzung des Vermögens. Damit hättest du Zugang zum Laden und könntest feststellen, ob etwas fehlt.«
Ich zögerte.
»Was ist denn noch?« fragte Hank.
»Ich glaube nicht, daß Marcus da mitmachen wird. Er hat mich zwar in den Laden gelassen, aber ich hab den Eindruck, er mag mich gar nicht.«
Hank prustete verächtlich. »Er kennt dich doch gar nicht. Greg ist unverheiratet und ziemlich altmodisch. Er fragt sich wahrscheinlich, was ein hübsches kleines Mädchen wie du so spät nachts noch auf der Straße zu suchen hat.«
Ich lächelte. »Also gut, wenn du meinst, du kannst dich mit ihm einigen.«
»Bestimmt.«
Ich konnte nur hoffen, daß er recht hatte. Es war mir ein Anliegen herauszufinden, wer Joan Albritton getötet hatte.
Charlie mischte sich jetzt ins Gespräch.
»Gut«, sagte er, »dann ist das erledigt. Ich treffe mich so bald wie möglich mit den anderen Händlern.«

Mir kam plötzlich ein Gedanke. »Hat eigentlich jemand Joans Angehörige unterrichtet?«
Charlie sah mich traurig an. »Sie hatte keine Angehörigen. Nach dem Tod ihres Enkels im letzten Sommer hatte sie außer mir keinen Menschen mehr. Und ich bin wahrhaftig nichts Besonderes.«
»Ach, das hatte ich ganz vergessen.«
Es war denkbar, daß ich seit dem vergangenen Herbst eine ganze Menge vergessen hatte. Im Oktober hatte mich Hank in die Salem Street geschickt, San Franciscos Sammlermekka für Antiquitäten wie für Trödel. Ich sollte mit Joan Albritton über die Brandstiftungen und die anderen zerstörerischen Überfälle sprechen, mit denen die Eigentümer der siebzehn dort befindlichen Antiquitäten- und Tödlerläden schikaniert wurden. Joan war überzeugt davon, daß man die Brände nur gelegt hatte, um die Händler aus ihren heruntergekommenen Häusern zu vertreiben, die hier auf wertvollem Grund und Boden in der Nähe des Civic Center standen.
Jetzt sagte ich zu Charlie: »Joan erklärte mir, daß der größte Teil des Grundes in diesem Block in erster Linie vier Leuten gehört. Ihr und Ihnen, Austin Bigby und Dan Efron, ebenfalls Händler wie Sie.«
»Das stimmt. Joanie und ich haben den größten Grundbesitz, danach Austin. Dan hat das kleinste Grundstück. Als die Stadt unsere Häuser im Herbst zum Abbruch freigab, beschlossen wir, einen Teil zu verkaufen. Wir rechneten uns aus, daß wir auf diese Weise den besten Preis bekommen würden. Und da Joanie von uns geschäftlich die Versierteste war, einigten wir uns, ihre Empfehlungen anzunehmen, wenn nicht gerade schwerwiegende Einwände dagegen sprächen. Wir waren uns sicher, daß wir einen guten Preis erzielen würden.«
»Die Genossenschaft holte also Angebote ein und hatte vor, bis zum ersten März die Entscheidung bekanntzugeben?«
»Richtig. Wir müssen ja am ersten Mai draußen sein und

wollten noch genug Zeit haben, um die Formalitäten eines Verkaufs abzuwickeln.«

»Hatte Joan schon entschieden, welches Angebot sie annehmen wollten?« fragte Hank. »Der Entscheidungstermin ist ja doch inzwischen recht nah.«

»Sie hatte ganz schöne Probleme. Ich dachte mir, es käme daher, daß sie so viel um die Ohren hatte. Unter anderem mußte sie sich ja auch um neue Räume für ihren Laden kümmern. Aber in der vergangenen Woche ist irgendwas mit ihr vorgegangen.« Charlie schüttelte den Kopf und trank einen Schluck Kaffee. »Ich hätte mir Joanie niemals ohne ihren Laden vorstellen können, aber ich hatte den Eindruck, sie dachte daran, sich vom Geschäft zurückzuziehen.«

»Hat sie darüber mit Ihnen gesprochen?« fragte ich.

»Nein, gesagt hat sie nichts«, antwortete er kurz. »Ich hab das Gefühl, daß sie mir in letzter Zeit vieles nicht gesagt hat.«

»Zum Beispiel?«

Charlie lächelte dünn. »Wie soll ich das wissen, wo sie doch nicht mit mir darüber sprach.«

Ich seufzte und wandte mich dann Hank zu.

»Ich denke, wir sollten uns auf den Heimweg machen. Morgen ist ein langer Tag, und die Nacht ist kurz.«

Hank stand auf. »Kannst du mich an der Kanzlei absetzen? Ich bin mit dem Taxi hergekommen.«

»Natürlich.«

Charlie brachte uns zur Tür.

»Ich melde mich, sobald die Besprechung der Genossenschaft stattgefunden hat.«

Wir gingen auf die Straße hinaus. Es hatte aufgehört zu regnen. Ein für Februar milder Wind blies. Ich hörte, wie Charlie hinter uns abschloß.

»Er ist wirklich tief getroffen«, bemerkte Hank, als wir zu meinem Wagen gingen.

»Kein Wunder. Joan Albritton war bestimmt das einzige Glanzlicht in seinem Leben.«

»Wahrscheinlich. Ich frage mich wirklich, wie der Mann so leben kann – in dem winzigen Hinterzimmer mit dem alten Gerümpel.«
»Vielleicht mag er altes Gerümpel. Er hat es ja gewissermaßen zu seinem Lebensinhalt gemacht.«
Sehr vorsichtig schob sich Hank in meinen verlotterten roten MG.
»Fährst du wirklich heim und schläfst?«
»Natürlich nicht. Ich fahre mit dir in die Kanzlei. Ich möchte mir noch mal meine Aufzeichnungen über diese Geschichten hier ansehen.«
»Meinst du, daß du da was findest?«
»Ich weiß nicht, aber es ist der einzige Ausgangspunkt, den ich habe. Also fang ich da mal an.«

3

Drei Viertel neun Uhr morgens. Ich streckte die Arme über den Kopf und gähnte, während ich den Drehsessel von dem alten Schreibtisch wegstieß. Überall lagen Blätter mit meinen Notizen über die zerstörerischen Zwischenfälle in der Salem Street herum – ein Ausgangspunkt, wie ich gesagt hatte, aber mehr auch nicht.
Auf den ersten Blick hätte jeder der Interessenten, die das Grundstück an der Salem Street erwerben wollten, diese Belästigungskampagne in der Hoffnung starten können, die Händler hinauszudrängen. Nach Dutzenden von Gesprächen kamen doch meiner Ansicht nach drei der vier Interessenten nicht mehr als Täter in Frage.
Zunächst einmal war da das Hemphill College of Law, das das Grundstück gern gehabt hätte, um das Hochschulgelände zu erweitern. Gespräche mit verschiedenen Vertretern des College hatten mich davon überzeugt, daß Gewaltanwendung diesen Leuten fernlag. Sie mochten nicht abgeneigt sein, ihre politischen Beziehungen spielen zu lassen,

da die Verwaltungsratsangehörigen des College durchwegs einflußreiche Leute waren, aber Gewalt? Niemals!
Das Immobiliensyndikat, das von einer Mrs. Cara Ingalls geleitet wurde, kam für mich aus ähnlichen Gründen nicht in Frage. Zwar hatte ich keine Gelegenheit gehabt, mit Mrs. Ingalls persönlich zu sprechen, aber aus Unterhaltungen mit ihrem Partner schloß ich, daß das Syndikat zu finanzkräftig war, um sich zu niederträchtiger Gewaltanwendung herablassen zu müssen. Wenn ihnen ihr Plan, in der Nähe des Civic Center einen modernen Komplex mit Geschäften und Eigentumswohnungen zu bauen, so wichtig war, würden sie einfach ihr Angebot so weit in die Höhe schrauben, bis es für die Händler unwiderstehlich wurde. Die Möglichkeit, daß der Grund vielleicht überhaupt nicht zu haben sein könnte, kam ihnen gar nicht in den Sinn.
Die New Freedom School, eine Art Vorschule für Erwachsene, wollte das Grundstück gern für ihren neuen Schulkomplex haben. Lehrer und Verwaltungsleute hielten mir wortreiche Vorträge über die Möglichkeiten, mit meinen Gefühlen in Kontakt zu kommen und mich mir angemessen auszudrücken. Aber es ging hier um Ausdrucksmöglichkeiten emotionaler und sexueller Art, nicht um Selbstverwirklichung durch Gewalt. Ich konnte mir nicht vorstellen, daß diese Leute das Organisationstalent oder die Initiative zu einer solchen Einschüchterungskampagne besaßen.
Die Western Addition Credit Union – das war die Gruppe, die ich in Verdacht hatte. Angefangen hatte die Organisation als finanzschwaches kleines Unternehmen, aber mit Hilfe öffentlicher Gelder eroberte sie sich bald einen wichtigen und einflußreichen Platz in der schwarzen Gemeinde. Die WACU holte sich öffentliche Gelder, sobald sie verfügbar wurden, indem sie eine Unzahl von Programmen von der Lebensmittelmarken-Verteilung bis zur Unterstützung von Kleinunternehmen in Minderheitenvier-

teln förderte und verwaltete. Jetzt hoffte dieser Verein, in der Salem Street eine staatlich finanzierte Siedlung von Sozialwohnungen errichten zu können.
Ich hatte mich lange genug mit den Leitern der Organisation unterhalten, um zu merken, daß diese Leute bereit waren, zur Erreichung ihrer Ziele notfalls über Leichen zu gehen, und als ich in dem Abfallberg, der vor Charlie Cornishs Laden den Bürgersteig zierte, Flugblätter der Organisation entdeckte, war ich überzeugt, auf der richtigen Spur zu sein. Aber ein Beweis, wie ich ihn brauchte, war das natürlich nicht; es konnte nämlich ebensogut der Beweis für die Gerissenheit einer anderen Partei sein.
Eines Tages hatten die gewalttätigen Belästigungen abrupt aufgehört, und schon am folgenden Tag waren die Händler von der Stadt unterrichtet worden, daß die Häuser zum Abbruch freigegeben werden würden. Wenige Stunden nach Ankunft dieses Schreibens hatte die WACU ein erstes Angebot für das Grundstück gemacht. Trotzdem – das konnte alles Zufall sein. Als Begründung für eine Anklage wegen Brandstiftung und Zerstörung fremden Eigentums reichten diese Fakten nicht aus.
Nachdem die Häuser zum Abbruch freigegeben worden waren, endete meine Tätigkeit für die Händler. Bis zum vergangenen Abend, als ein Unbekannter etwas getan hatte, was weit über die Zerstörung von Sachen hinausging.
Ich heftete meine Notizen wieder in den Ordner, den ich dann in meinem Schreibtisch einschloß. Wenigstens waren meine Erinnerungen für den Besuch bei Lieutenant Marcus aufgefrischt. Ich merkte, daß es mir darauf ankam, einen guten Eindruck auf den Mann zu machen, und ich ärgerte mich über mich.
Hör zu, Sharon, sagte ich mir, du machst dich doch sonst nicht so abhängig vom Urteil anderer, also hör auf, dir wegen dieser Besprechung Gedanken zu machen.
Ich schlug mir den unwirschen Lieutenant aus dem Kopf und ging aus meinem Büro zur Küche, aus der mir Düfte von

Kaffee und gebratenem Schinkenspeck entgegenwehten. In der Durchschnittskanzlei duftet es normalerweise höchstens nach Kaffee, aber die Kooperative war eben in keiner Weise durchschnittlich.
Die Kanzlei befand sich in einem großen viktorianischen Haus aus braunem Backstein im Bernal Heights Bezirk von San Francisco. Im Erdgeschoß waren neben der Küche und dem Salon die Büros, im ersten Stock hatten einige der Anwälte, auch Hank Zahn, ihre Wohnungen. Eine Anwaltskanzlei, die ihre Honorare dem Einkommen ihrer Mandanten anpaßte, zahlte keine fürstlichen Gehälter, darum war das kostenlose Zimmer mit Küchenbenützung eine willkommene Subvention. Ich persönlich konnte mir nicht vorstellen, daß ich es in so einer Wohngemeinschaft länger als zwei Tage aushalten würde, aber es war nicht zu leugnen, daß die Atmosphäre in der Kooperative angenehm und gastlich war, besonders zur Essenszeit.
Doch an diesem Morgen war ich noch nicht hungrig, und das aufgeregte Gebabbel über »unseren Mord« ging mir auf die Nerven. Ich legte deshalb Hank, der noch oben war und schlief, einen Zettel hin und fuhr in meine eigene kleine Wohnung in der Guerrero Street, nur ein paar Straßen von der Kanzlei entfernt.
Ich mußte mich umziehen. Der rote Jogging-Anzug, den ich in aller Eile übergezogen hatte, als Hank mich angerufen hatte, schien mir denn doch etwas zu lässig für einen Besuch beim Morddezernat. Während der Kaffee durchlief, duschte ich rasch, trank dann genießerisch eine Tasse und schlüpfte in die schicke Leinenhose, die ich mir vor kurzem gekauft hatte. Während ich mein Haar bürstete, lang und schwarz, überlegte ich wieder einmal, ob ich es mir nicht schneiden lassen sollte. Trotz meiner bald dreißig Jahre und der grauen Strähne, die seit meiner Schulzeit da war, sah ich mit dem langen Haar immer noch aus wie die jugendliche Naive.
Ach, Quatsch, sagte ich mir zornig. Du bist eben wie du bist.

Und Greg Marcus, fügte eine niederträchtige kleine Stimme hinzu, gefällst du so oder so nicht.

4

Lieutenant Marcus lehnte sich in seinem Sessel zurück und wartete, bis die Stenografin aus dem Zimmer gegangen war und die Tür hinter sich geschlossen hatte. Dann sah er mich an, ganz neutral, die blauen Augen weder kühl noch freundlich. Sein Gesicht war ausdruckslos.

Wir hatten uns beide von unserer besten Seite gezeigt, während ich meine Aussage zu Protokoll gab. Er hörte aufmerksam zu, während ich in aller Ausführlichkeit berichtet und auch von meinem Verdacht gegen die Western Addition Credit Union gesprochen hatte. Ich war gespannt, ob das feine Band der Höflichkeit zwischen uns jetzt reißen würde.

Er räusperte sich und sagte: »Vorhin hat mich übrigens Hank Zahn angerufen.«

Ich nickte und wartete auf das Weitere.

Ich hatte den Eindruck, daß er seine Worte mit Bedacht wählte.

»Zahn und seine Partner von der Kooperative haben sich der Polizei gegenüber immer sehr entgegenkommend und hilfsbereit gezeigt. Sonst würde ich Hanks Vorschlag rundweg ablehnen, obwohl wir privat gute Freunde sind.«

Das überraschte mich. Mir schien, als hätten diese beiden Männer überhaupt nichts gemeinsam. Hank hatte eine jungenhafte, aufgeschlossene Art, hinter der sich hohe Intelligenz und Hartnäckigkeit verbargen. Marcus hingegen wirkte nüchtern, beinahe schroff. Hank war trotz seiner Erfahrungen ein Idealist geblieben. Marcus erweckte den Anschein, als wären ihm keinerlei Ideale geblieben.

»Hank hat mich gebeten«, fuhr er fort, »Ihnen den Zugang zu dem Laden in der Salem Street zu gestatten, da er für den

Nachlaß die abgeschlossene Bestandsliste braucht. Wir wissen alle drei, worum es ihm in Wirklichkeit geht. Wenn Sie dort kommen und gehen können, wie Sie wollen, werden Sie vielleicht ein paar Dinge aufschnappen, die wir möglicherweise übersehen würden.«

Er hielt inne, um sich eine Zigarette anzuzünden, und warf das Streichholz mit einer ungeduldigen Bewegung in den Aschenbecher.

»Sie werden uns über alles informieren, was Sie in Erfahrung bringen«, sagte er. »Unverzüglich. Und lückenlos. Ist das klar?«

»Sie haben es klar genug gesagt.«

Ich hatte kein Verlangen danach, mich mit Greg Marcus anzulegen. Alles an ihm wirkte hart und beherrscht; seine knappe Art zu sprechen; seine sparsamen Bewegungen; der schlanke, sehnige Körper – ein verflixt guter Körper für einen Mann, der sicher Ende Dreißig war. Obwohl Marcus vermutlich nicht mehr Schlaf gehabt hatte als ich, war er kläräugig und wach.

»Gut. Hauptsache, wir verstehen uns.«

Wieder sah er mich an, die Stirn leicht gekraust. Ich glaubte, einen Schatten von Verwunderung in seinen Augen zu sehen, aber da war der Ausdruck schon wieder weg.

»Haben Sie wirklich die Zulassung als Detektivin?« fragte er.

»Ja. Möchten Sie sie sehen?« Ich griff zu meiner Handtasche.

Er winkte ab. »Nein, nein, lassen Sie nur. Ich glaub's Ihnen. Wie kamen Sie denn an diesen Beruf?«

»Zuerst habe ich als Warenhausdetektivin gearbeitet. Nach zwei Jahren hatte ich genug. Ich konnte mir nicht vorstellen, daß ich mein Leben lang mit einem Sprechfunkgerät in der Tasche zwischen Kleiderstangen hin und her schleichen würde. Ich schrieb mich an der Uni ein und studierte Soziologie.«

»Ah, ja. Das hab ich auch mal studiert. Und jetzt wissen Sie

dank Ihres Studiums über die kriminellen Elemente in unserer Gesellschaft gründlichst Bescheid, wie?« Er zog spöttisch die Augenbrauen hoch.
»Im Gegenteil, ich weiß erbärmlich wenig. Nach meinem Abschluß fand ich keine Stellung. Kein Mensch will einen Studienabgänger mit einem Haufen theoretischem Wissen haben. Ich hab dann bei einer größeren Detektei hier in der Stadt angefangen und wurde dort zur Privatdetektivin ausgebildet. Aber in dieser Branche hat man mit Kriminellen wenig zu tun. Da erlebt man in erster Linie Ehemänner oder Ehefrauen auf Abwegen.«
Er lächelte. Es war ein zynisches Lächeln.
»Ja, ein reizendes Gewerbe. Und jetzt stehen Sie auf eigenen Füßen und sind auf dem besten Weg, eine Superdetektivin zu werden.«
Er trieb es ein bißchen zu weit. Ich zwang mich, ruhig zu sprechen.
»Ich stehe nicht auf eigenen Füßen; ich bin bei der Pro te Kooperative angestellt. Ich fing dort an, nachdem ich bei der Detektei rausgeflogen war, weil ich mich weigerte, einen Auftrag zu übernehmen, der für mich entwürdigend gewesen wäre. Es ging darum, einen völlig unschuldigen Mann so zu kompromittieren, daß er bei einer Scheidung eine Riesenabfindung hätte zahlen müssen. Was eine, wie Sie es formulieren, Superdetektivin ist, weiß ich nicht. Ich verstehe mein Handwerk. Ich würde sagen, meine starke Seite ist ein Gefühl dafür, die richtigen Fragen zu stellen, ohne dabei den Leuten meine Ansichten aufzudrängen.«
Er richtete sich auf und zwinkerte verblüfft. »Lieber Himmel, was rollt denn da noch auf mich zu?« fragte er gedämpft.
»Soll ich mich entschuldigen?«
»Lassen Sie, lassen Sie. Das würden Sie doch nicht verstehen. Um aufs Thema zurückzukommen – ich habe mich heute morgen mit diesem Cornish unterhalten. Er hat einen Extraschlüssel zu Joan Albrittons Laden. Der Laden steht

Ihnen offen, damit Sie den Warenbestand feststellen können. Ich hoffe, Sie verstehen etwas von Antiquitäten.«
»Nein, aber ich werde lernen.«
»Das bezweifle ich nicht.« Er zündete sich eine frische Zigarette an und lehnte sich wieder zurück. »Was halten Sie eigentlich von Cornish?«
Er fragte wie beiläufig, aber ich war überzeugt, daß mehr als ein beiläufiges Interesse hinter der Frage steckte.
Vorsichtig sagte ich: »Es ist schwierig, sich ein Bild von Charlie zu machen. Abgesehen von den zwanzig Jahren, die er nun den Laden in der Salem Street hat, scheint er keine Vergangenheit zu haben. Joan Albritton bedeutete ihm viel, aber wieviel genau, weiß ich nicht.«
Marcus nickte und wartete, daß ich fortfahren würde.
»Ich glaube, in der letzten Zeit war die Beziehung etwas abgekühlt. Joan hat vergangenen Sommer ihren Enkel verloren – er war achtzehn, und sie hat ihn großgezogen. Charlie sagte zu mir, er hätte das Gefühl, Joan habe seitdem vieles nicht mehr mit ihm besprechen wollen.«
»Waren die beiden ein Liebespaar?«
»Ich denke schon. Früher jedenfalls. Sie waren immer noch viel zusammen, mal in ihrem Laden, mal in seinem, kochten ab und zu drüben bei Charlie, und ich glaube, Charlie war manchmal auch bei Joan in ihrer Wohnung am Potrero Hill. Joan war eine erstaunliche Frau: heiter, kreativ, energiegeladen. Charlie meinte, der Tod ihres Enkels hätte ihre Lebenslust gedämpft, aber ich kann mir kaum vorstellen, daß sie noch – vitaler gewesen sein könnte.«
»Wie ist der Enkel umgekommen?«
»Er starb an einer Überdosis. Rauschgift. Soviel ich weiß, war er hochmusikalisch und hätte im Herbst eine Ausbildung an der Juilliard School anfangen können. Er und Joan sparten eisern, damit er diese Chance auch wahrnehmen konnte. Abends spielte er in einer Rockband. Und da fing die Sache mit den Drogen an; er war schon einmal wegen Drogenbesitz festgenommen worden und wartete noch auf

seinen Prozeß. Sein Tod war ein entsetzlicher Schlag für Joan – auch deshalb, weil er eigentlich ihre eigenen Jugendträume verwirklichen sollte.«
»Inwiefern das denn?«
»Joan hatte ursprünglich Malerin werden wollen. Ich glaube, sie hatte an der University of California Kunst studiert. Aber sie heiratete, die Ehe ging schief, und sie wurde Antiquitätenhändlerin. Der Enkel war für sie so etwas wie eine zweite Chance.«
»Und die Eltern des Jungen?«
»Die starben beide, als er noch ein Säugling war. Näheres weiß ich nicht darüber. Er war Joans letzter lebender Angehöriger. Danach blieb ihr nur noch Charlie, und ich vermute, Joan war für ihn auch der einzige Mensch auf der Welt, der ihm nahestand.«
Marcus machte ein nachdenkliches Gesicht.
»Und das haben Sie alles erfahren, indem Sie die richtigen Fragen stellten? Und natürlich ohne jemandem Ihre Ansichten aufzudrängen.«
Ich zuckte die Achseln. »Ich mache eben einen vertrauenswürdigen Eindruck.«
»Ach was?« Marcus hielt inne, um mein Gesicht zu mustern. »Sie sind indianischer Abstammung, nicht wahr?«
Ich nickte. »Ja, bei mir ist das Indianerblut richtig zum Durchbruch gekommen, obwohl nur eine Urgroßmutter von mir Schoschonin war. Meine Geschwister sind alle blond und sommersprossig.«
»Interessant«, sagte Marcus. »Sie sind die einzige, bei der es zum Durchbruch gekommen ist.« Er saß da und sah mich an. Ich hätte gern weggesehen, aber ich erwiderte den Blick. Sah er mich? Oder sah er eine andere, eine Frau, die er aus ganz persönlichen Gründen als »Gegnerin« verstand?
Marcus brach den Augenkontakt als erster und stand auf.
»Den Bericht des Amtsarztes bekomme ich heute im Lauf des Tages, falls der Sie interessiert«, bemerkte er, während ich ebenfalls aufstand. »Sie melden sich?«

»Selbstverständlich.«
»Viel Glück bei Ihrem Studium der Antiquitäten.« Er bot mir die Hand.
Ich nahm sie kurz. »Danke. Ich hab so eine Ahnung, daß das ganz schön anstrengend wird.«
Und unwillkommen ist es dazu, dachte ich, da mich Antiquitäten einzig als mögliches Mordmotiv interessierten.

5

Als ich in der Salem Street ankam, hielt am Bordstein vor Joan Albrittons Trödelladen gerade ein schnittiger weißer Mercedes. Ein kleiner, kräftig gebauter Mann im eleganten grauen Anzug stieg aus. Als er mich auf dem Bürgersteig sah, hob er grüßend die Hand.
»Hallo! Sie sind doch Sharon McCone, nicht wahr?«
Ich erkannte Oliver van Osten, einen Vertreter, von dem Joan viele ihrer Antiquitäten gekauft hatte.
»Ja, die bin ich. Guten Tag.«
»Ich bin tief betroffen. Das ist ja eine grauenhafte Geschichte.« Er kam zu mir herüber, langsam, um mir viel Zeit zu lassen, seine soldatische Erscheinung und sein selbstsicheres Auftreten zu bewundern. Ich war van Osten zweimal zuvor in Joans Laden begegnet, aber es war bei einer Grußbekanntschaft geblieben.
Er reichte mir die Hand und lächelte, daß die ebenmäßigen Zähne nur so blitzten.
»Es ist schön, Sie wiederzusehen. Was haben Sie denn hier in der Gegend zu tun? Hat es neue Zwischenfälle gegeben?«
»Nein. Ich bin wegen des Mordes hier.«
Das Lächeln erlosch, und er ließ abrupt meine Hand los.
»Sie stellen Nachforschungen an?«
»Das auch, ja. Außerdem mache ich aber die Bestandsaufnahme im Laden fertig. Ich arbeite für Joans Anwalt.«

»Ach ja, natürlich.« Er zog die Brauen zusammen. »Aber, verstehen Sie denn etwas von Antiquitäten?«

»Überhaupt nichts. Vielleicht können Sie mir ein paar Tips geben.«

Das Lächeln kehrte zurück. »Mit Vergnügen.« Er sah auf seine Uhr. »Heute habe ich einen vollen Tag, aber morgen vormittag wäre es gut möglich.«

»Sehr schön. Da bin ich im Laden.«

Er gab sich hoch entzückt.

»Ich wollte immer schon mal so einen richtigen Kriminalfall erleben. Wir beide werden bestimmt ein gutes Schnüfflergespann.«

Seine Aufgekratztheit wirkte fehl am Platz im Angesicht von Joans Tod. In der Hoffnung, ihn loszuwerden, sagte ich: »Ich muß mir jetzt bei Charlie die Schlüssel holen.«

»Ich wollte auch gerade zu ihm.« Van Osten legte mir einen Arm auf die Schultern. »Gehen wir zusammen.«

Ich bin immer schon ein eher zurückhaltender Mensch gewesen, und Leute, die relativ Fremden so dicht auf den Pelz rücken, erschrecken mich meistens ein bißchen. Vorsicht, Sharon, sagte ich mir. Laß dich von diesem dick aufgetragenen Charme nicht einwickeln.

Als ich van Osten im vergangenen Oktober das erstemal begegnet war, wurde mir schnell klar, wieso seine Geschäfte – das hatte mir Joan erzählt – so gut liefen. Er begrüßte mich mit warmer Aufgeschlossenheit, verwickelte mich sogleich in ein zwangloses Gespräch und ließ sehr bald durchblicken, daß er mich für einen ganz besonderen Menschen hielt. Erst später, als ich von seiner dominierenden Persönlichkeit frei war, erkannte ich, wie absichtsvoll sein ganzes Gebaren war. Für mich ein Signal, daß dieser Mann mit Vorsicht zu genießen war.

Als van Osten und ich zum Trödelladen kamen, sahen wir Charlie auf einem nach rückwärts gekippten Stuhl in der offenen Tür sitzen. Er sah besser aus als am vergangenen Abend. Seine Augen waren zwar noch gerötet, aber das

lange graue Haar war frisch gekämmt, und er trug einen frisch gewaschenen olivgrünen Overall. Ich hatte Charlie nie in einem anderen Aufzug gesehen.
Als er uns sah, stand er auf.
»Sie kommen wegen Joanies Schlüssel«, sagte er zu mir. »Ich hole sie.«
Er ging in den Laden und kehrte gleich darauf mit zwei Schlüsseln zurück, die an einer Kette mit einer knallrosa Pelzkugel hingen. Ich starrte fasziniert auf das Ding in seiner offenen Hand.
Charlie grinste leicht verlegen.
»Das ist eine Art Handschmeichler«, erklärte er. »Joanie hat ihn mir geschenkt. Wenn man sich schlecht fühlt, soll man ihn in der Hand halten und versuchen, ihn ganz bewußt zu fühlen. Der Kontakt belebt einen.«
»Und klappt das wirklich?« fragte ich.
»Manchmal. Heute nicht. Ich hab's versucht, aber heute hat's nichts genützt.«
Van Osten räusperte sich. »Charlie, ich bin tief betroffen über Joans Tod.«
Charlie wandte sich ihm zu. »Ach, Ollie, das sind wir alle.«
Ich sah, wie van Osten bei dem Spitznamen das Gesicht verzog.
»Es muß ein schlimmer Schlag für Sie gewesen sein.« Er begann, Fragen zu stellen, die gleichen, die ich Charlie am Abend zuvor gestellt hatte: wann er Joan gefunden hatte, ob es Hinweise gäbe. Ich hörte stumm zu, in der Hoffnung, er würde vielleicht etwas aufdecken, was ich noch nicht wußte.
Während ich mit den beiden Männern zusammenstand, beobachtete ich van Osten; ohne mich von seinem sorgsam einstudierten Gesichtsausdruck ablenken zu lassen, sah ich ihm direkt in die Augen. Und instinktiv trat ich einen Schritt von ihm weg, näher zu Charlie hin. Was ich in seinen Augen gesehen hatte, erschreckte mich – eisige Kälte, keine Spur von Gefühl.

Die beiden Männer sahen mich plötzlich an, und aus unerklärlichen Gründen verspürte ich Nervosität. Auch Charlie erschien mir plötzlich bedrohlich. In meiner Verwirrung murmelte ich etwas davon, daß ich jetzt mit der Inventur anfangen müsse, und floh über die Straße in Joans Laden.
Die gestaute Luft im Laden roch muffig. Blasses Sonnenlicht fiel zwischen den Stäben der kleinen Fenster in den Raum. Abgesehen von der Kreidezeichnung auf dem Boden war alles so, wie ich es in Erinnerung hatte. Nur Joan fehlte, Joan und ihre herzliche Art.
Ich zog meine Jacke aus und hängte sie über einen Stuhl bei der Kasse. Dann setzte ich mich auf das mit mauvefarbenem Plüsch bezogene Sofa neben Clotilde. Mit aller Anstrengung schlug ich mir die Erinnerung an van Ostens schreckliche Augen aus dem Kopf und sagte zu der kopflosen Schneiderbüste: »So, und wo zum Teufel soll ich jetzt anfangen?«
Meine Fachkenntnisse waren gleich Null. Teilten Antiquitätenhändler Möbel nicht in Stilperioden ein? Chippendale, Hepplewhite, Louis Quatorze und so weiter? Wie sollte ich es schaffen, den einzelnen Gegenständen im Laden das richtige Etikett zu geben und gleichzeitig nach dem Mörder Ausschau halten?
Ich lächelte schwach, als ich mir meine fertige Bestandsliste vorstellte: »Ein alter Tisch, drei noch ältere Stühle, ein komisches Ding, von dem ich nicht weiß, wie man's nennt, drei stehpultähnliche Stücke, ein Gegenstand, den man mit etwas gutem Willen für einen Schirmständer halten könnte.« Ich brauchte dringend einen Intensivkurs in diesem Fach. Ich beschloß, später bei der Bibliothek vorbeizufahren und mir ein paar Bücher über Antiquitäten zu besorgen.
Joan war Expertin gewesen. Sie hatte zwanzig Jahre oder länger mit Antiquitäten gehandelt und konnte einem praktisch auf den ersten Blick den Wert und die Herkunft eines Stückes sagen. Wenn ein Kunde den Laden betrat, verstand sie es, ihn in eine Fantasiewelt hineinzulocken, in der jeder Gegenstand im Laden durch seine eigene, besondere Ver-

gangenheit lebendig wurde. Ich wurde noch einmal sehr traurig, als ich mich meines ersten Besuchs bei Joan in den ersten Oktobertagen des letzten Jahres erinnerte.
Eine zierliche grauhaarige Frau in langer Hose und schlabberigem blauen Pullover, einen Staubwedel in der Hand, hatte mich begrüßt.
»Willkommen in meinem Reich einzigartiger Antiquitäten«, sagte sie lachend. »Ich bin Joan Albritton, und das hier ist Clotilde.«
Sie wies auf die kopflose Puppe neben dem Sofa. Die Büste trug ein langes, über und über mit Pailletten besticktes Abendkleid, dessen Farbe sich entsetzlich mit dem Mauveton des Sofas schlug.
»Clotilde«, fuhr Joan fort und zwinkerte mir dabei zu, »war einst ein ungeheuer erfolgreiches *haute couture*-Mannequin in Paris, und sie wäre es noch, hätte ihr nicht ihr törichtes Herz einen bösen Streich gespielt. Sie verliebte sich nämlich in einen Mann aus San Francisco und folgte ihm hierher, wo sie leider feststellen mußte, daß er verheiratet war und dreizehn Kinder hatte. So kam es, daß sie in der Salem Street landete, in meinem Laden, wo sie mir hilft und um ihre verlorene Liebe trauert. Sie sehen ja, sie hat wegen dieses Menschen völlig den Kopf verloren.«
Ich lachte und verneigte mich vor Clotilde.
»Sehr erfreut, Sie kennenzulernen.«
Joan warf mir einen vergnügten Blick zu.
»Aber vielleicht bedeuten Ihnen Kinder mehr als schöne Frauen. Kommen Sie.« Sie führte mich durch einen engen Gang, wobei sie ab und zu stehenblieb, um mit ihrem Staubwedel über diesen oder jenen Gegenstand zu fahren.
»Das ist Edwin Eisenschuh, so geheißen nach seinem äußerst unbequemen Schuhwerk.«
Die blaßblauen Augen der verschlossen wirkenden Kleiderpuppe starrten auf die Wand. Das Gesicht glänzte schwach, der Maler, der das geschnitzte Holz bemalt hatte, gab ihm apfelrote Wangen, Ausdruck blühender Gesundheit.

»Hallo, Edwin«, sagte ich.
Joan lächelte mich an. »Meiner Meinung nach hätte Edwin bestimmt lieber Tennisschuhe gehabt, was denken Sie? So ist er nun zu einem Leben stiller Kunstbetrachtung gezwungen, anstatt wie andere kleine Jungen herumzutollen. Edwin ist nicht zu verkaufen; das Bild hingegen schon. Ich muß die Bilder häufig wechseln, damit er sich nicht langweilt.«
Mit dem goldblonden Haar, das sein Gesicht wie ein Heiligenschein umgab, und dem Matrosenanzug sah Edwin wirklich wie der brave kleine Junge aus, der zum erstenmal ins Museum geht. Das Gemälde, das er so aufmerksam betrachtete, zeigte einige Hirten mit ihrer Herde in einem weizengelben Feld. Die Landschaft erinnerte mich an gewisse Gegenden Italiens oder auch Süd-Kaliforniens.
»Sind Sie zufällig Kunstliebhaberin?« fragte mich Joan Albritton.
»Ich verstehe nicht viel von Kunst, nein. Wahrscheinlich weniger als Edwin. Aber das Gemälde ist hübsch.«
»Oh. O ja, das ist es.«
Sie kehrte Edwin den Rücken und führte mich wieder nach vorn.
»Hier haben wir noch Edwins Spielgefährtin.« Sie zeigte mir eine Stoffpuppe mit langen gelben Zöpfen. »Sie ist allerdings ein richtiger Wechselbalg.« Mit einer ruckartigen Bewegung nach oben enthüllte sie unter den weiten Röcken der Puppe eine zweite, eine altmodische Negerpuppe. »Und dann haben wir noch Bruno.«
Sie wies auf einen ausgestopften Schäferhund, der nicht weit entfernt stand. Ein paar Sekunden lang konnte ich den Blick nicht von ihm wenden. Wie entsetzlich, so etwas mit einem Haustier zu machen, das man geliebt hatte.
Joan spürte meine Abwehr offensichtlich.
»Ja, ich hätte ihn auch lieber begraben. Aber man gewöhnt sich an ihn.« Ihre Stimme hatte viel von ihrer sprühenden Lebendigkeit verloren. Es war, als hätte ihre Vorführung sie müde gemacht. »Was kann ich nun für Sie tun?«

»Ich komme im Auftrag von Hank Zahn. Von der Pro te Kooperative. Er sagte, Sie brauchen jemand, der Recherchen anstellen kann.«
»Ach, Sie sind Sharon McCone!« Sie schüttelte lachend den Kopf. »Und ich wollte Ihnen was verkaufen.«
»In ein paar Minuten hätten Sie mich so weit gehabt, daß ich den ganzen Laden kaufe«, erwiderte ich lächelnd.
»Ah, das höre ich gern. Setzen Sie sich doch.« Sie wies auf einen alten Sessel. »Ich habe im Namen unserer Händlergenossenschaft mit Hank gesprochen. Die Kooperative erledigt alle rechtlichen Angelegenheiten für mich und – oh, entschuldigen Sie mich.«
Eine auffallend aussehende Frau war in den Laden gekommen, groß, sehr schlank, mit glänzendem blonden Haar, das ihr bis auf die Schultern fiel. Das gekonnt geschminkte Gesicht war von klassischer Schönheit. Sie trug ein rehbraunes Wildlederkostüm, das hervorragend zu ihrem Typ paßte.
Als witterte sie ein Geschäft, ging Joan ihr sofort entgegen.
»Guten Tag, gnädige Frau. Ich könnte mir denken, daß es Ihnen Vergnügen machen würde, die Bekanntschaft einer schönen und einst sehr erfolgreichen Frau zu machen...«
Ich blieb eine Weile ruhig sitzen, während sie die Frau auf die gleiche Fantasiereise entführte, die sie mit mir unternommen hatte. Als mir die Zeit lang wurde, stand ich auf und wanderte auf eigene Faust durch den Laden, wo ich zwei alte Lampen und einen geschnitzten Tisch entdeckte, die genau in meine Wohnung gepaßt hätten. Ich inspizierte gerade eine schwarze Lackkommode mit Messingbeschlägen zu einem Preis, der weit über meinen Verhältnissen lag, als Joan mich rief.
»Sie ist wieder weg. Jetzt können wir beide uns ungestört unterhalten.«
Widerstrebend kehrte ich in den vorderen Teil des Ladens zurück.
»Hat sie etwas gekauft?«

»Natürlich, aber ich dachte, ehrlich gesagt, sie würde mehr bringen.«
»Oh? War's nicht so toll?«
»Es geht, vierzig Dollar. Das italienische Gemälde, das ich Ihnen vorhin gezeigt habe. Jetzt muß ich Edwin ein neues Bild beschaffen.«
Wir setzten uns, und sie berichtete mir ausführlich über die Anschläge, von denen die Händler in der Salem Street in letzter Zeit geplagt wurden.
Mit einem schmerzhaften Stich wurde mir, als ich in die Gegenwart zurückkehrte, plötzlich bewußt, daß Joan heute vielleicht hier in ihrem Laden stünde und wieder einmal einen Kunden mit Clotilde bekannt machte, wenn ich mit meinen Nachforschungen mehr Erfolg gehabt hätte.
Ich hörte, daß es draußen klopfte. Charlie Cornish. Ich ließ ihn herein.
Beinahe vorsichtig stieg er die kurze Treppe herunter, vermied es krampfhaft, auf den Boden zu blicken, wo Joan gelegen hatte.
»Ich wollte nur mal sehen, wie Sie vorwärtskommen.«
»Ich hab noch gar nicht viel getan. Der Gedanke an die Bestandsaufnahme macht mir richtig angst.«
Charlie ließ sich auf einem Hocker nieder.
»Sie haben wahrscheinlich von Antiquitäten nicht viel Ahnung.«
»Keinen Schimmer.«
Er nickte. »Dann warne ich Sie am besten gleich; das Schwierigste ist, die echten von den anderen Sachen zu unterscheiden.«
»Von den anderen?«
»Genau. Joanie hat ein paar wirklich gute Stücke hier, aber sie hat auch sehr viel über van Ostens Kataloge bestellt.«
»Ich weiß, daß sie bei ihm kaufte, aber ich versteh nicht, was Sie jetzt meinen.«
Charlie spielte den Lehrer. »Also – überlegen Sie mal, wie

viele Antiquitätengeschäfte es in San Francisco gibt. Bestimmt zweihundert, stimmt's?«

»Kann schon sein.«

»Sie können's mir glauben. Im Telefonbuch sind es fast fünf Seiten. Nun multiplizieren Sie das mal mit sämtlichen anderen Großstädten hier im Land. Sehen Sie, worauf ich hinauswill?«

»Ich denke schon.«

»Gut. Weiter – wie viele Antiquitäten gibt es? In letzter Zeit geht der Trend dahin, daß die Händler ihre Ware aus Europa kommen lassen. Sie bestellen über Katalog. Aber auch in Europa ist der Bestand an Antiquitäten beschränkt.«

»Wollen Sie sagen, daß die Antiquitäten Fälschungen sind?«

»Oh, in den Katalogen wird behauptet, es handle sich um die echten Artikel. Aber stellen Sie sich mal vor, ein großer Händler oder ein Warenhaus bestellen fünfzig Stück von der Nummer SS einhundertdreiundsiebzig X, Waschtisch aus Eiche mit Marmorplatte – was glauben Sie wohl, wie viele dieser Waschtische das europäische Vertriebshaus irgendwo auf einem Speicher entdeckte?«

»Jedenfalls bestimmt nicht fünfzig.«

Charlie nickte beifällig. Wenn ich so weitermache, werde ich bald Klassenbeste sein.

»Wenn man sich diese Stücke als Fließbandprodukte vorstellt«, fuhr er fort, »wird es schon glaubhafter, daß man gleich fünfzig auf einen Schlag bestellen kann, nicht?«

»Also die meisten Sachen hier« – ich machte eine umfassende Geste – »sind also Fälschungen?«

Er schnitt ein Gesicht.

»Das ist ein bißchen hart. Seien wir ehrlich, hier sitzen keine renommierten Händler. Die Leute, die in die Salem Street kommen, suchen meistens etwas Billiges für die Wohnung. Oder – wenn sie bereit sind, etwas mehr auszugeben – ein originelles Stück, mit dem sie ein bißchen Aufsehen erregen. Die meisten sind keine Sammler und verlangen auch kein

Echtheitszeugnis für den Gegenstand, den sie kaufen. Viele sind Touristen, die sich eine Erinnerung an ihren Besuch in San Francisco mit nach Hause nehmen wollen – eine chinesische Vase vielleicht oder so was.«

»Und?«

»Und hier können sie nach Herzenslust herumstöbern, ehe sie diese Vase kaufen. Es spielt keine Rolle, daß sie die gleiche Vase auch in Chinatown bekommen hätten. In der Salem Street die Läden abzuklappern ist einfach nicht so steril wie das Einkaufen in Chinatown. Sicher, viele dieser sogenannten Antiquitäten sind Massenwaren, aber Joanie und die anderen wären jederzeit bereit gewesen, das zuzugeben, wenn jemand danach gefragt hätte.«

Ich hatte nicht die Absicht gehabt, ihn in die Defensive zu drängen. Hastig fragte ich: »Die Sachen werden also alle nach Katalog bestellt?«

»Richtig. Oliver van Osten vertritt mehrere europäische Antiquitätenhersteller.« Charlie grinste ein wenig bei diesem Widerspruch. »Er kreuzt einmal im Monat hier auf und nimmt Bestellungen an.«

»Er verkauft an mehrere Händler hier in der Straße?«

»Er hat an Joanie verkauft, und außerdem gehören Austin Bigby und fünf oder sechs andere zu seinen Kunden. Er hilft ihnen bei der Auswahl, damit nicht alle das gleiche bestellen. Es wär doch ein bißchen peinlich, wenn in jedem Laden in der Straße derselbe Waschtisch angeboten werden würde.«

Ich lachte, während ich mir vorstellte, wie die Händler sich aus so einer Situation herausreden würden.

»Können Sie mir so eine Fälschung zeigen?«

»Aber sicher.« Charlie stand auf und trat zu einem kleinen Tisch mit Säulenfuß. »Das ist ein Standaschenbecher. Geschnitzter Sockel, leichte Ornamentierung, kupferverstärkt. Zirka neunzehnhundert. Jetzt kommen Sie mit.«

Er führte mich in das kleine Hinterzimmer. Es war praktisch von oben bis unten mit Möbeln vollgestopft. Ich hatte stets angenommen, es handle sich um Stücke, die restauriert oder repariert werden mußten, ehe sie in den Verkauf gehen konnten. In einer Ecke zeigte mir Charlie drei weitere Standaschenbecher, die dem vorn im Laden bis aufs kleinste Detail glichen.

»Joanie kaufte damals fünf; das ist ungefähr die Standardbestellung für größere Stücke. Sie hat einen verkauft, und sobald der Kunde gegangen war, stand der nächste im Laden.«

Ich schüttelte den Kopf. »Irgendwie find ich das trotzdem nicht in Ordnung.«

»Da haben Sie sicher ganz recht, aber so wird's nun mal gemacht.«

Wir kehrten in den Verkaufsraum zurück und setzten uns wieder an unsere vorherigen Plätze bei der Kasse.

»Was wissen Sie eigentlich über diesen van Osten?« fragte ich.

»Ollie?« Charlie rieb sich das Kinn. »Er ist das geborene Verkaufstalent.«

Das wußte ich bereits. »Er verdient doch bestimmt eine Menge Geld. Ich meine, so wie er gekleidet ist, und bei dem Wagen, den er fährt.«

»Für jeden guten Vertreter ist Geld die Haupttriebfeder. Ollie ist die Erfolgsgeschichte schlechthin.«

»Erzählen Sie.«

»Tja, einmal, als er ein bißchen gesprächiger war als sonst, erzählte er mir, daß er in North Dakota aufgewachsen ist – in Fargo, genau gesagt. Sein Vater hatte eine Kneipe. Sobald Ollie halbwegs erwachsen war, brannte er zu Hause durch und ging zum Militär, um nicht in der Kneipe arbeiten zu müssen. Die Armee schickte ihn nach Europa, dort begann er sich für Kunst zu interessieren und blieb, um zu studieren. Heute gehört er zu den erfolgreichsten Vertretern hier. Er hat ein Verkaufsgebiet von fünf Staaten.«

»Komisch, wenn man sich überlegt, daß er mal Kunstgeschichte studiert hat und jetzt Fälschungen verhökert.«

Charlie schüttelte den Kopf. »Das ist gar nicht komisch, wenn man Ollie kennt. Er stellte bald fest, daß mit Kunstgeschichte nichts zu verdienen ist, folglich –«
»Ich verstehe. Wissen Sie eigentlich, daß er es haßt, wenn Sie ihn ›Ollie‹ nennen?«
Charlie grinste füchsisch. »Natürlich. Deshalb tu ich's ja. Aber sagen Sie bloß nicht, daß Sie Ollie in Verdacht haben.«
»Ich habe jeden in Verdacht, der irgendwie mit Joan zu tun hatte.«
Sein Gesicht verdunkelte sich, und er zuckte zurück.
»Aber Charlie, Sie meinte ich doch nicht.« Noch während ich es sagte, fragte ich mich, warum Charlie Cornish eigentlich nicht zu meinen Verdächtigen gehörte. »Sie hatten sie sehr gern, das weiß ich doch.«
»Viele Leute hatten sie gern. Ohne sie wird es hier nie wieder so, wie es einmal war.« Charlie starrte in die Schatten, als hoffte er, Joan Albritton würde plötzlich in einem der Gänge auftauchen, und alles würde wieder gut werden.
»Aber«, fügte er hinzu, »es wird ja sowieso alles anders. Im Mai müssen wir hier raus, und dann werden wir alle getrennte Wege gehen.«
»Haben Sie eigentlich schon einen neuen Laden gefunden?«
Er antwortete mit einer müden Geste.
»Austin Bigby und ich mieten zusammen mehrere Räume in der Valencia Street. Da ist viel Platz, und die Kombination von Trödel und Antiquitäten müßte eigentlich ganz zugkräftig sein. Aber die Atmosphäre, die wir hier haben, kriegen wir dort natürlich nie mehr.« Er machte ein Gesicht, als wolle er gleich zu weinen anfangen.
»Na, wenigstens haben Sie gute Angebote und können wählen«, sagte ich tröstend.
Er nickte. »Ingalls bietet am meisten. Die wollen hier Eigentumswohnungen und Läden bauen.«

»Was ist diese Cara Ingalls eigentlich für eine Frau?« Ich hatte gehört, daß sie im Immobiliengeschäft ungeheuren Einfluß besaß und hinter den meisten großen Transaktionen in der Stadt steckte. Sie interessierte mich schon deshalb, weil Frauen im allgemeinen gerade in dieser Branche an die großen Geschäfte gar nicht herankamen.
»Keine Ahnung. Ich kenn sie nicht. Aber ich hab heute morgen beim Zeitunglesen ihren Namen im Wirtschaftsteil gesehen. Vielleicht sagt Ihnen das was. Kommen Sie doch mit rüber und sehen Sie sich den Artikel an.«
Ich konnte jede Information über die Leute, mit denen ich sprechen wollte, gebrauchen, deshalb begleitete ich Charlie über die Straße.
Der Artikel war nicht allzu informativ. Es wurde nur berichtet, daß Cara Ingalls am Abend auf einer Cocktailparty für die Förderer des Yerby-Buena-Kongreßzentrums im Bank of America Building eine Ansprache halten werde. Der geplante Bau des Kongreßzentrums, seit Jahren umstritten, war gerade wieder durch neuerliche Klagen und einstweilige Verfügungen aufgeschoben worden. Die Party begann um achtzehn Uhr im Carnelian Room.
»Na, was von Interesse?« fragte Charlie.
»Eine Kleinigkeit, ja.«
»Und – was haben Sie jetzt vor?«
»Jetzt hol ich mir erst in der Bibliothek ein paar Bücher über Antiquitäten und dann zieh ich mich um. Ich gehe heute abend auf eine Cocktailparty.«

6

Punkt sechs am selben Abend überquerte ich den weiten, windigen Platz vor der Zentrale der Bank of America. Ein Blumenstand an der Straßenecke machte den Platz etwas freundlicher, dafür hatte die massige Skulptur vor dem Gebäude, die wie ein Klumpen Kohle aussah und allgemein unter dem Namen »Das Bankiersherz« bekannt war, die gegenteilige Wirkung.

Ich ging durch das gigantische Foyer des Gebäudes zum Aufzug, der mich zum Carnelian Room hinaufbrachte. Als ich im obersten Stockwerk ausstieg, kam mir gleich ein eifriger junger Mann im braunen Zweireiher entgegen, um mich zu begrüßen.

»Guten Abend, Madam. Bitte, folgen Sie mir, dann gebe ich Ihnen gleich Ihr Namensschildchen und die Informationstasche für Förderer des Yerba-Buena-Projekts.«

Es war also eine geschlossene Gesellschaft. Ich ging mit ihm zu einem Tisch, auf dem bunte Hefter und Namensschildchen in Plastikhüllen gestapelt waren.

»Ihr Name und Ihre Firma?« fragte der junge Mann mit einem devoten Lächeln.

»Sharon McCone. Wakefield und Fox.« Das war ein größeres Immobilienunternehmen im Großraum San Francisco, wie ich wußte.

Er kramte auf dem Tisch.

»Lieber Gott, nicht schon wieder! Man hat anscheinend vergessen, Ihr Namensschild zu drucken. Verzeihen Sie, Sie wissen ja, wie das bei solchen großen Veranstaltungen ist.« Er zog einen Filzstift heraus, schrieb meinen Namen und den der Firma auf ein Kärtchen, das er in eine leere Plastikhülle schob. »So. Warten Sie, ich stecke es Ihnen gleich an.«

Kurz danach betrat Sharon McCone, Immobilienmaklerin, mit ihrer Informationstasche unter dem Arm den Carnelian Room.

Ich nahm mir vom ersten Tablett, das vorbeikam, ein gefülltes Glas, hielt mir meinen Informationshefter vor den Busen, so daß er das Namensschild verdeckte, und wanderte im Saal umher.

Die Leute drängten sich in kleinen Gruppen, unterhielten sich lebhaft, lachten, tranken. Ich inspizierte die mir nächststehende Gruppe, und als ich sah, daß niemand von Wake-

field und Fox darunter war, stellte ich mich einfach dazu und schnappte die Gesprächsfetzen auf, die zu mir herüberflogen.
»... entsetzlich, was da gemacht wird...«
»... Verluste von Millionen...«
»... wenn ich mir vorstelle, was da an Arbeitsplätzen geschaffen werden könnte...«
»... diese verrückten Öko-Freaks...«
Ich hatte den Eindruck, daß keiner sich wirklich für das interessierte, was der andere sagte; sie sprachen ja alle zur gleichen Zeit.
»Sind Sie nicht auch dieser Meinung?« Ein dicker Mann im Sommeranzug, in den er hineingepreßt war wie die Wurst in die Pelle, stieß mich an und goß mir etwas von seinem Drink über den Fuß.
»Entschuldigen Sie.« Ich stellte mein leeres Glas auf ein vorbeikommendes Tablett und nahm mir gleich zwei frische. Ich brauchte Stärkung, wenn ich das hier überstehen wollte.
»Es ist völlig gleich, aus welcher Perspektive man es betrachtet«, fuhr der Mann fort, ohne auf mich zu achten. »Tatsache ist, daß die Stadt leidet. Ja, leidet...« Worauf er eine lange Tirade darüber vom Stapel ließ, daß San Francisco, wenn es überleben wolle, dringend ein neues Sportstadion und mehrere tausend zusätzliche Hotelzimmer brauche. Ich nickte an passenden Stellen, während ich mit halbem Ohr zuhörte. Endlich klopften weiter vorn im Saal mehrere Leute mit Silber an ihre Gläser.
Der Mann neben mir unterbrach sich mitten im Satz und machte den Hals lang.
»Ah, jetzt kommt die Ansprache von Cara Ingalls«, sagte er. »Tolle Frau. Hätte eigentlich ein Mann werden müssen.«
Ich suchte mir einen Platz, wo ich das Podium sehen konnte. Ein distinguiert aussehender Mann mit weißem Haar bemühte sich, das Stimmengewirr im Saal zu übertönen. Allmählich wurde es ruhiger, und ich hörte, wie er sagte:

»... Ihnen die Frau vorstellen, die das Yerba-Buena-Projekt am aktivsten und engagiertesten unterstützt – Mrs. Cara Ingalls.«
Eine blendend aussehende blonde Frau Mitte Dreißig trat aus der Menge und stieg auf das Podium. Das Haar fiel ihr lose auf die Schultern. Sie strich es sich mit einer knappen Bewegung aus dem Gesicht, während sie in ihrem schmalen, grünen Kleid vor das Mikrofon trat. Ich starrte sie an und versuchte, mich zu erinnern, wo ich Cara Ingalls schon einmal gesehen hatte.
»Ich danke Ihnen. Vielen Dank und guten Abend Ihnen allen.«
Ihre Stimme war tief und kehlig. Die vollen Lippen öffneten sich leicht zu einem herzlichen Lächeln. Auch dieses Lächeln hatte ich vor nicht allzu langer Zeit gesehen.
Es wurde still im Saal, und Cara Ingalls begann zu sprechen. Es ging natürlich um das Kongreßzentrum und die bedauerlichen Hindernisse, die die Verwirklichung dieses gewaltigen Projekts unmöglich machten. Mich interessierten weniger ihre Ausführungen als ihre Person.
Cara Ingalls war groß und schlank, wirkte aber dabei kraftvoll und geschmeidig. Die klassisch schönen Züge ihres Gesichts standen in scharfem Kontrast zu dem Ausdruck harter, ja räuberischer Entschlossenheit, den sie während ihrer Rede über das Kongreßzentrum zur Schau trug. Sie hatte etwas stark Katzenhaftes, das mir zu Bewußtsein brachte, daß nicht alle Katzen nette Schmusetiere sind, sondern daß es auch sehr gefährliche Exemplare unter ihnen gibt.
Dann fiel es mir plötzlich wieder ein. Natürlich hatte ich Cara Ingalls schon einmal gesehen: im vergangenen Oktober in Joans Laden. Sie war die Frau gewesen, die bei meinem ersten Besuch bei Joan in den Laden gekommen war und das Gemälde mit den Schäfern gekauft hatte. Sie hatte sich wohl ohne Joans Wissen über diese und das Grundstück, an dem sie interessiert war, informieren wollen. Ich war überzeugt,

daß Cara Ingalls nur aus diesem Grund in das Geschäft gekommen war; wenn sie sich Antiquitäten kaufen wollte, so kaufte sie sie bestimmt nicht in der Salem Street.
Jetzt, wo ich Cara Ingalls einmal erlebt hatte, wunderte es mich nicht mehr, daß sie in einem harten und aufreibenden Geschäft die Spitze erklommen hatte. Mir war klar, daß ich über diese Frau mehr wissen, daß ich mit ihr selbst sprechen wollte, auch um sie zu fragen, ob sie sich mit Joan Albritton bekannt gemacht hatte, nachdem ihr Syndikat sein Angebot gemacht hatte. Und ich wollte wissen, ob das Angebot auch jetzt, nach Joans Tod, noch galt.
Sobald Cara Ingalls die letzten Worte gesprochen hatte, versuchte ich, mich zum Podium durchzudrängen, aber es war ein fruchtloses Unterfangen. Sie war blitzartig von einer Menschenwand umgeben. Ich nahm eine meiner Karten heraus und schrieb: »Bitte Sie dringend um ein Gespräch über den Mordfall Albritton.« Das mußte sie doch wenigstens aufmerksam machen. Ich reichte die Karte dem distinguiert aussehenden Herrn, der die Ingalls vorgestellt hatte, und bat ihn dringlich, dafür zu sorgen, daß sie die Karte bekam.
Während ich wartete, mußte ich ein Stück zurücktreten, um ein paar Leute vorbeizulassen, und dabei stieß ich ziemlich heftig mit jemandem zusammen. Meine Tasche und der Informationshefter fielen zu Boden, und der Mann, mit dem ich zusammengeprallt war, bückte sich, um die Sachen aufzuheben.
Als er sich aufrichtete, fiel sein Blick auf mein Namensschild, und er lächelte.
»Hallo, Genossin. Ich bin Bill Tilbury, aus der Filiale San Mateo.«
Das hatte mir gerade noch gefehlt, ein Arbeitskollege.
»Freut mich.« Ich wollte mich davonschleichen.
Aber so leicht ließ sich der gute alte Bill nicht abwimmeln.
»He, in welcher Filiale arbeiten Sie?«
Ich wich immer weiter zurück. »Hier in der Stadt.«

»Sie meinen Embarcadero eins?«
»Genau.«
»Moment mal. Dann müssen Sie mit Ron zusammenarbeiten.« Er tippte dem Mann neben sich auf die Schulter. »He, Ron, da ist Sharon McCone aus eurer Filiale.«
Ron drehte sich um. Er hatte Geheimratsecken und ein verkniffenes Gesicht. Er warf einen Blick auf mein Namensschild.
»Sie sind nicht von unserer Firma«, sagte er anklagend.
Bill Tilbury war verdattert. »Sie hat es aber behauptet.«
»Embarcadero eins? Wakefield und Fox? Die hat Sie auf den Arm genommen.« Ron trat dicht an mich heran. »Hören Sie mal, junge Frau, was soll das heißen?«
Ich wich noch weiter zurück. Bald mußte ich an den Aufzügen sein.
»Ich weiß überhaupt nicht, was Sie wollen. Ich bin neu. Vielleicht sind wir uns noch nicht begegnet.«
Er verfolgte mich wütend. »Damit kommen Sie bei mir nicht an. Wenn Sie neu wären, hätte man Sie am Montag morgen bei der Verkaufsbesprechung vorgestellt. Alle neuen Angestellten, sogar die Büroboten, werden da vorgestellt. Was treiben Sie für ein Spiel?«
»Gar keins.«
Ich stürzte durch die Tür hinaus und hätte beinahe den eifrigen jungen Mann umgerannt.
»Halten Sie sie auf!« schrie Ron. »Sie ist wahrscheinlich ein Spitzel von den Öko-Freaks. Oder von den Indianern. Sie selber sieht wie eine Indianerin aus und trägt auch noch indianischen Schmuck.« Er zeigte auf meine Halskette aus Silber und Türkisen.
Ehe ich mir darüber Gedanken machen konnte, was die Indianer mit Yerba Buena zu tun hatten, sah ich eine Aufzugkabine voller Menschen, deren Tür sich gerade zu schließen begann.
»Warum haben Sie sie reingelassen?« Ron schüttelte den armen eifrigen jungen Mann wie ein Wilder.

Ich peilte den Aufzug an.
»O Gott, und ich hab ihr auch noch das Namensschild geschrieben.« Das hörte sich an, als hätte er einen KGB-Agenten in eine Konferenz des Sicherheitsrats hineingelassen.
Im letzten Moment schlüpfte ich zwischen den sich zusammenschiebenden Türen hindurch in den Lift. Die Leute starrten mich erstaunt an.
»Mein ehemaliger Freund«, erklärte ich. »Er beschimpft mich dauernd, weil ich mehr Provision mache als er.«
Der Mann neben mir lächelte, und von hinten hörte ich gedämpftes Gelächter. Sobald wir unten ankamen, suchte ich mein Heil in der Flucht. Ehe ich der Händlergenossenschaft zuliebe weiteren Unbill auf mich nahm, wollte ich nun erst einmal bei Charlie Cornish nachfragen, ob man sich überhaupt darauf geeinigt hatte, mich zu engagieren.

7

Auf dem Weg zum Trödelladen hielt ich bei einer Telefonzelle und rief Lieutenant Marcus an, um zu hören, was der Amtsarzt befunden hatte. Er faßte es kurz für mich zusammen.
Todesursache: zahlreiche Stichwunden ins Herz. Eine Schnittwunde in der rechten Hand. Sie hatte also versucht, ihren Angreifer abzuwehren.
Bluterguß auf der linken Gesichtsseite, vor Eintritt des Todes beigebracht. Er hatte sie geschlagen.
Geschätzte Todeszeit: zwischen einundzwanzig Uhr 30 und null Uhr 30. Genauer ließ es sich nicht sagen. Das hieß, sie mußte mindestens schon eine Stunde tot gewesen sein, als Charlie sie gefunden hatte.
Die übrigen Feststellungen besagten wenig: Die Stichverletzungen konnten ihren Dimensionen nach von einem der Messer mit Beingriff herrühren; die Blutproben vom Tep-

pich entsprachen der Blutgruppe der Toten. Mit Fingerabdrücken ließ sich nichts anfangen, da im Laden ständig Leute ein und aus gegangen waren.

»Insgesamt«, bekannte Marcus, »helfen uns die Indizien nicht weiter. Aber es wird sicher etwas auftauchen. Bis dahin kehren Sie mal brav zu Ihren Antiquitäten zurück.«

Sein Ton war spöttisch und herablassend. Zurück zu meinen Antiquitäten, wo ich hingehörte. Was hatte dieser Mensch eigentlich gegen mich? Für einen höheren Kriminalbeamten benahm er sich reichlich seltsam, auch wenn man den traditionellen Argwohn seiner Kaste gegen Privatdetektive berücksichtigte.

Nachdem ich vor dem Trödelladen angehalten hatte, blieb ich noch eine Minute im Auto sitzen und beobachtete einen einsamen Betrunkenen, der sich, die Flasche in einer Tüte an die Brust gedrückt, an der Mauer entlangtastete, um seinen Weg zu finden. Als er vorbei war, stieg ich aus und sperrte den Wagen ab.

Die großen Schaufenster des Ladens waren dunkel, aber tief drinnen konnte ich einen Lichtschein erkennen. Ich trommelte fest an die Tür und hörte nach einer kleinen Weile schlurfende Schritte. Durch die Glasscheibe sah ich Charlies eingefallenes Gesicht, dann begannen Schlösser und Riegel zu knirschen.

Als ich durch die Tür trat, schlug mir durchdringender Gingeruch entgegen. Charlie war daran, seinen Kummer zu ertränken, der offenbar zählebig war. Einen Moment lang betrachtete er mich mit glasigen Augen und schlaffem Mund, dann brummte er: »Ach, Sie sind's.«

Augenblicklich drehte er sich um und schlurfte davon, ließ mich einfach an der offenen Tür stehen. Ich schloß sie und sperrte ab und folgte dann seiner schwankenden Gestalt durch den breiten Mittelgang.

»Es geht ein böser Wind, Sharon. Ja, ein böser Wind weht heute abend über die Welt.«

Mich schauderte unwillkürlich. Angesichts des mit altem

Gerümpel vollgestopften Raumes und Charlies Stimmung wünschte ich verspätet, ich hätte mit meinem Besuch bis zum nächsten Morgen gewartet.
»Spüren Sie es, Sharon? Diesen bösen Wind, der weht, als wolle er niemals innehalten?«
Charlie drehte sich mit flackerndem Blick nach mir um.
Das hat mir gerade noch gefehlt, dachte ich. Ein Betrunkener, der Gespenster sieht.
»Ja, ich spüre es, Charlie.«
»Er weht schon seit langem. Ich hätte darauf achten sollen. Vielleicht hätte es dann nicht so geendet. Nicht auf diese Weise.«
Er sprach bemerkenswert deutlich, obwohl seine Augen kaum noch etwas zu sehen schienen.
Ich ging zu ihm und nahm seinen Arm.
»Kommen Sie, gehen wir nach hinten und setzen uns, Charlie.« Ich machte mich daran, ihn ins erleuchtete Hinterzimmer zu führen. Groß und kräftig wie er war, wirkte er an diesem Abend eher gebrechlich.
»Ich hab sie geliebt«, stieß er heiser hervor, während er sich an mich lehnte. »Alle haben sie geliebt.« Plötzlich riß er sich von mir los und wurde ganz geschäftig. »Kommen Sie, ich möchte Sie mit meinem Freund bekannt machen. Er hat sie auch geliebt. Ich sollte nicht so gottverdammt egoistisch sein und sie immer nur für mich allein haben wollen.«
Es war so still im Laden, daß unmöglich noch jemand da sein konnte. Mein Gott, dachte ich, er hat schon Wahnvorstellungen.
Ja, es war so still, daß ich zusammenfuhr, als an der Tür vor uns plötzlich ein Mann erschien. Er war groß, größer als Charlie, mit etwas hängenden Schultern, und er trug einen modischen hellen Anzug. Ein brauner Haarkranz umgab den kahlen Scheitel, und das Licht einer Stehlampe gleich neben der Tür brach sich funkelnd in den dicken Gläsern seiner Hornbrille.

»Ich wollte Sie nicht erschrecken«, entschuldigte sich der Mann. »Ich bin Ben Harmon.«
Der Name war mir vage bekannt.
»Sharon McCone«, sagte ich.
Er lächelte und bot mir seine große, gepflegte Hand.
»Ah, Sie sind die Detektivin von der Pro te Kooperative. Joan hat mir viel von Ihnen erzählt.«
Jetzt wußte ich, woher ich seinen Namen kannte. Ben Harmon, der sein Geld damit verdiente, daß er gewerblich Kautionen stellte. Er war es gewesen, der Joan zur Kooperative geschickt hatte, als ihr Enkel wegen Drogenbesitzes festgenommen worden war. Sein Büro war ein paar Straßen weiter in der Bryant Street. Joan, die nicht gewußt hatte, was sie tun sollte, als sie die Nachricht von der Festnahme erhielt, hatte sich hilfesuchend an ihn gewandt.
Harmon galt, wie ich mich jetzt erinnerte, als jemand, mit dem nicht gut Kirschen essen war. Man versuchte am besten gar nicht erst zu türmen, wenn Harmon für einen Kaution gestellt hatte. Er hatte einen Stab von Männern an der Hand, die sich aus dem Effeff darauf verstanden, Flüchtigen auf die Spur zu kommen, und jeder, der seinen Vertrag mit Harmon verletzte, wurde schnellstens aufgespürt und ins Gefängnis zurückbefördert. Ich hatte von einem Fall gehört, wo es Harmons Leuten gelungen war, einen widerspenstigen Mordverdächtigen, der nach Mexiko geflohen war, dingfest zu machen.
Charlie stolperte jetzt durch die Tür und streckte seinen Arm wedelnd in Richtung von Ben Harmons Schulter aus.
»Möchte Ihnen meinen guten Freund vorstellen. Und Joanies guten Freund. Ben hat Joanie auch geliebt.«
Harmon lächelte nachsichtig und befreite sich aus der Umklammerung.
»Kommen Sie, Charlie, setzen wir uns erst mal hin. Ich schenk Miss McCone was zu trinken ein.«
Charlie nickte selig und sank in einen schäbigen alten Polstersessel. Der kleine Raum war spärlich eingerichtet: ein

zweisitziges Sofa, ein Couchtisch mit Resopalplatte, eine zerschrammte Kommode, eine dünne Matratze auf einer eisernen Bettstelle, ein paar Stühle. An der gegenüberliegenden Wand hingen zwei Overalls und Charlies alte Lammfelljacke. Eine zweite Lampe mit einem gesprungenen Porzellansockel, der mit gelben Rosen verziert war, warf schwaches Licht auf den Couchtisch. Charlies armseliges Leben drohte mich in eine Depression zu ziehen, als ich mich auf das kleine Sofa setzte, das voller Kuhlen war.

Auf dem Tisch stand neben mehreren Flaschen Gin und Wermut ein Cocktailshaker mit rostigem Metalldeckel. Harmon wählte eines der Gläser aus, die ebenfalls auf dem Tisch aufgereiht waren, hielt es ans Licht, um zu sehen, ob es sauber war. Es war so schmierig und fleckig wie alle anderen.

Er warf mir einen hilflosen Blick zu, goß Gin in das Glas und reichte es mir mit einer kleinen Verbeugung. Ich dankte ihm mit einem Lächeln und nippte an dem Gin, bemühte mich, nicht zu husten.

Harmon setzte sich neben mich auf das Sofa. Ich bemerkte ein Glas mit Gin auf dem Boden zu seinen Füßen.

Harmon sah mich fragend an.

»Stellen Sie Nachforschungen über Joans –?«

Charlie unterbrach ihn in lamentierendem Ton. »Sie haben sie doch geliebt, nicht wahr, Ben, alter Ben?«

»Alle haben Joan geliebt«, antwortete Harmon ruhig. »Sie und ich waren gute Freunde.«

»Das wärt ihr nicht gewesen, wenn ich besser aufgepaßt hätte.« Charlie fing jetzt an zu lallen. »Wenn ich ihr hätte helfen können, als der Junge von den Bullen eingelocht wurde. Sie kommt zu mir und sagt, ›Charlie, was soll ich tun?‹ Aber was hätte ich ihr raten sollen? Ich wußte doch selber nicht, was man da tun konnte. Mensch, ich hab nie was mit Drogen und so Zeug zu tun gehabt. Woher hätte ich wissen sollen, was man in so einem Fall tut?«

»Sie haben ganz richtig gehandelt, Charlie«, sagte Harmon beschwichtigend.
»Das kann man wohl sagen. ›Geh doch zu Ben Harmon‹, sag ich. ›Der holt die Leute dauernd aus dem Knast.‹ Und prompt ist sie hingegangen. Und was passiert? Plötzlich ist der gute alte Ben Harmon dauernd drüben bei ihr im Laden und ist ihr eine ganz unentbehrliche Stütze, als der Junge an einer Überdosis krepiert, der gute alte Ben, der mir die Frau wegschnappt.«
Harmon sah mich stirnrunzelnd an und sagte dann: »Also, Charlie, Sie wissen genau, daß es so nicht war.«
»Ach nein? War's nicht so? Was haben Sie dann da drüben getrieben? Warum sind Sie denn nicht nach Hause gegangen zu Ihrer Frau und Ihren Kindern und Ihrem tollen Haus, mit dem Sie dauernd angeben? Was zum Teufel hatten Sie bei meiner Frau zu suchen? Ich hätte sie trösten sollen. Wie immer, bis Sie aufkreuzten. Na, war's nicht so, hochverehrter Mr. Harmon?«
Harmons Gesicht zeigte keine Regung.
»Charlie, morgen fühlen Sie sich wieder viel besser. Dann sehen Sie alles ganz anders, und wir vergessen, was Sie eben gesagt haben.«
»Ich mich morgen besser fühlen?« Charlie prustete laut heraus. »Von wegen! Den Oberkater von San Francisco werd ich haben und mich wie der ärmste Hund fühlen. Und an meiner Meinung über Sie wird sich bestimmt nichts ändern, alter Ben.«
Harmon stand auf. »Ich denke doch, daß Sie Ihre Meinung ändern werden, Charlie. Doch, ich denke schon.«
In seiner Stimme lag ein Unterton, den ich nicht deuten konnte. Es hätte mich interessiert, was für eine Beziehung zwischen diesen beiden Männern bestand – abgesehen von beider Interessen an Joan Albritton.
Harmon zog den Knoten seiner seidenen Krawatte zurecht, während er Charlie durch die dicken Brillengläser musterte. Jetzt, wo das Licht nicht mehr direkt auf sie fiel, konnte ich

erkennen, daß seine Augen braun waren, doch es fehlte ihnen der Schmelz, den braune Augen im allgemeinen besitzen.
»Sie fühlen sich bestimmt bald besser«, sagte er leise. Dann wandte er sich mir zu und bot mir wieder die Hand. »Es hat mich gefreut, Sie kennenzulernen, Miss McCone. Kümmern Sie sich um unseren Freund, ja?«
Ich wollte aufstehen, um ihn hinauszubegleiten, doch er wehrte ab.
»Lassen Sie nur. Ich gehe hinten hinaus. Die Tür hat ein Schnapschloß.«
Er drehte sich um und ging aus dem Zimmer. Charlie sah ihm nach, ohne den Kopf zu bewegen.
»Harmon ist ein Schwein«, brummte er vor sich hin. »Ich hab's ihr immer wieder gesagt. Immer wieder.«
Ich stellte mein Glas mit dem Gin auf den Boden.
»Hören Sie, Charlie, meinen Sie nicht, Sie sollten sich aufs Ohr legen?«
»Schlafen?« Er lachte bitter. »Wenn ich mich hinlege, fahr ich höchstens Karussell. Kennen Sie das? Wenn sich alles dreht...«
»Ja, das kenne ich. Jeder hat das mal erlebt. Charlie, was ist bei der Besprechung der Händlergenossenschaft herausgekommen?«
Ich wollte endlich die Antwort haben, derentwegen ich gekommen war.
»Oh, wir haben gesammelt. Für einen schönen Kranz. Wollen Sie auch was geben?« Er hielt mir die geöffnete Hand hin.
Ich seufzte im stillen und sagte: »Was wäre denn angemessen?«
»Ach, zwei Dollar tun's schon.«
Ich nahm einen Fünfdollarschein aus meiner Handtasche.
»Von mir und Hank und den anderen bei der Kooperative.«

Charlie war sichtlich beeindruckt. »He, das ist eine Menge. Soviel kriegen Sie doch gar nicht bezahlt. Können Sie sich das leisten?«
»Ich laß mir den Anteil der anderen aus der Portokasse wiedergeben, auch wenn das kleinlich ist.«
Charlie starrte immer noch den Geldschein an. »Kleinlich«, sagte er. »Genau. Das war's. Kleinlich. Sie wäre noch am Leben, wenn ich nicht so ein kleinliches Schwein gewesen wäre.«
»Wie meinen Sie das?«
Am Abend zuvor hatte Charlie mich angegriffen, weil es mir nicht gelungen war, die Urheber der Brandstiftungen und der anderen Anschläge zu entlarven und so Joans Ermordung zu verhindern. Jetzt fragte ich mich, ob dieser Angriff gegen mich einem geheimen Schuldgefühl entsprungen war, das ihn quälte. Wenn das zutreffen sollte, wie weit waren diese Schuldgefühle dann berechtigt?
»Sie wäre nicht allein gewesen«, erklärte Charlie. »Mutterseelenallein mit dem Sensenmann. Wenn ich nicht so verdammt kleinlich gewesen wäre.«
»Das versteh ich nicht.«
Er sah mich mit einem schlauen Lächeln an. »Sie war allein, als der alte Sensenmann angeschlichen kam...«
So, sagte ich mir, kamen wir nicht weiter.
»Charlie, was wurde sonst noch auf der Sitzung beschlossen?«
Sein Gesicht war verständnislos. »Was?«
»Wollen sie mich engagieren?«
»Sie engagieren?«
»Die Händlergenossenschaft! Wollen sie, daß ich Ermittlungen über den Mord anstelle?«
»Ach so, Sie engagieren. Nein. Sie haben dagegen gestimmt, Sharon.« In seiner Stimme lag Bedauern. »Ich hab das Gefühl, mit Joanies Tod ist auch die Händlergenossenschaft gestorben. Es ist überhaupt kein Gemeinschaftsgefühl mehr da. Joanie ist tot, und keiner kann sie zurückholen.«

Ich war enttäuscht. »Und sie haben kein Interesse daran, den Mörder zu schnappen?«
»Doch. Oder nein. Ich glaube, jetzt denken alle nur noch an sich. Jeder will raus, bevor er der nächste ist.« Er warf einen verstohlenen Blick über seine Schulter. »Der alte Sensenmann streicht durch die Salem Street, verstehen Sie, und er wird bald den nächsten holen. Kann gut sein, daß er in diesem Moment da draußen rumschleicht, wer weiß! Ich möchte auch weg.« In seinen Augen war etwas Irres.
Mich fröstelte. Charlie war betrunken und redete zweifellos dummes Zeug, aber die Geister, die er beschwor, machten mir dennoch Unbehagen.
»Reden Sie nicht so, Charlie. Es stirbt keiner mehr.«
»Ich sterbe. Sie sterben. Wir alle müssen sterben. Zu unserer Zeit, auf unsere besondere Weise. Und wer kann sagen, ob unser Moment nicht jetzt gekommen ist? Vielleicht ist er schon ganz in der Nähe, nur noch Sekunden entfernt, da draußen...«
Ich stand auf. »Charlie, ich muß weg. Kommen Sie lieber mit nach vorn und sperren Sie hinter mir ab.«
»Gehen Sie doch hinten raus. Die Tür schließt von selbst.«
»Nein«, entgegnete ich mit Entschiedenheit. »Mein Auto steht vorn.«
Nicht um viel Geld wäre ich in den Hinterhof hinausgegangen, wo der Sensenmann durch die Dunkelheit schlich.
Es war schon schlimm genug, durch den Verkaufsraum mit all dem alten Gerümpel zur Haupttür gehen zu müssen. Immer wieder sah ich mißtrauisch nach rechts und links, entdeckte aber nichts Bedrohlicheres als einen häßlichen alten Schrank mit geschnitzten Gorgonenhäuptern auf der Tür. Trotzdem war ich froh, als ich draußen war. Ich wartete noch, bis Charlie abgeschlossen hatte, dann rannte ich, unterwegs schon nach dem Schlüssel kramend, zum Auto.
Ich brauchte Helligkeit und halbwegs nüchterne Menschen, um mir die düsteren Vorahnungen meines eigenen ungewissen Todes aus dem Kopf zu schlagen. Außerdem mußte

ich die neue Wendung der Dinge mit Hank besprechen. Konnte ich über den Mord an Joan Albritton auch ohne Auftrag der Händlergenossenschaft ermitteln? Ich hoffte es.

8

Das Gefühl von Düsternis, das mich bedrückte, wurde leichter, als ich vor der Kanzlei anhielt. Die erleuchteten Fenster des viktorianischen Baues winkten mir freundlich, und das Licht der Verandalampe schnitt einen gelben Kreis in die Dunkelheit. Ich rannte die Stufen hinauf, an leeren Büros vorbei durch den Parterrekorridor, dem Klang vertrauter Stimmen entgegen.

Im Wohnraum lagen mehrere Leute um ein Monopolybrett gruppiert, das mit kleinen grünen Häusern und großen roten Hotels bepflastert war. Rundherum lag ein Vermögen an Papiergeld verstreut.

»Wo ist Hank?« fragte ich, als einer der Spieler aufsah.

Er wies zur Küche.

Ich lief weiter, dem langen roten Kabel nach, das sich über den Boden schlängelte. An seinem Ende stieß ich auf Hank, der mit dem Telefon im Arm hin und her wanderte. Rote Telefonapparate mit einer zehn Meter langen Kabelschnur war eine harmlose kleine Marotte bei der Kooperative. Im Parterre gab es sieben Apparate, und wer sie benützt hatte, ließ sie im allgemeinen einfach da stehen, wo er das Gespräch beendet hatte. Kein Wunder, daß die roten Kabel sich von Zeit zu Zeit hoffnungslos verhedderten und nur mit viel Geduld und Ausdauer wieder entwirrt werden konnten.

»Hören Sie, Sie brauchen sich überhaupt keine Sorgen zu machen. Der alte Idiot kann Sie nicht verklagen, er hat keinerlei Grund dazu«, sagte Hank gerade. »Und wenn ich jetzt nicht schleunigst da weitermache, wo ich aufgehört habe, als Sie anriefen, kann's mir passieren, daß ich die

Option auf ein paar hochbegehrte Grundstücke verliere. – Ja, gut. Wiederhören.« Er knallte den Hörer auf die Gabel und sah mich lachend an. »Die Schloßstraße und die Parkstraße sind noch zu haben.«

»Ich stör dich ja nicht gern bei deinen hochkarätigen Geschäften«, sagte ich, »aber ich muß mit dir reden.«

»Ach, ich bin eben nicht zum Großunternehmer geboren«, erwiderte er mit gespieltem Bedauern. »Komm, gehen wir ins Kartenzimmer.«

Auf dem Weg hinaus nahm ich mir aus der großen Dose, die immer gefüllt war, noch eine Handvoll Schokoladenkekse mit. Mein Abendessen. Hank lachte wieder und führte mich durch den Hauptkorridor ins zweite Büro rechts.

Der Raum hatte seinen Namen zu Recht; alle vier Wände und ein Teil der Zimmerdecke waren mit Karten bespannt. Ein riesiger Straßenplan von San Francisco; Straßenkarten der näheren und weiteren Umgebung, Karten von Amerika, Karten beliebter Wanderwege, Campingplätze, Wahlbezirke, Winzergenossenschaften, wo Besichtigungen und Weinproben veranstaltet wurden, Buslinien und Postleitbezirke. Dazu gab es eine äußerst nützliche Sammlung von Gezeitenplänen, Flugplänen und Speisekarten von Restaurants, die über die Straße lieferten.

Hank setzte sich an den Schreibtisch und wies auf den Besuchersessel.

»Was kann ich für Sie tun, Madam?«

Ich berichtete in aller Kürze von der Szene zwischen Charlie Cornish und Ben Harmon; den etwas schaurigen Teil danach ließ ich aus. Hank hörte mir schweigend zu.

»Interessant«, meinte er, als ich fertig war. »Ben Harmon hat also Charlie getröstet?«

»Ganz so würde ich das nicht sehen. Er ließ Charlie die Illusion, sie tränken miteinander. Wie stehst du eigentlich zu Harmon? Wenn ich mich recht erinnere, hat er doch Joan zu dir geschickt.«

Hank nickte. »Er schickt uns immer wieder mal Leute, wenn

er meint, so eine Kooperative wie die unsere wäre das richtige für sie. Harmon fühlt sich als eine Art verkannter Rechtsanwalt und treibt sich viel bei Gericht rum. Wir haben im Grunde genommen überhaupt nichts mit ihm zu tun.«

»Er ist ein ziemlich harter Bursche, nicht?«

»Ja, den Ruf hat er, und das ist einer der Gründe, warum ich mit ihm möglichst wenig zu tun haben möchte.«

»Welcher Art ist deiner Meinung nach seine Beziehung zu Charlie?«

Hank runzelte die Stirn. »Dazu kann ich wirklich nichts sagen. Aber es wäre ganz interessant herauszufinden, was da läuft. Vielleicht haben sie geschäftlich miteinander zu tun. Harmon hat eine Menge ›Nebeninteressen‹, wie er es nennt. Er sieht sich gern als gewiefter Geschäftsmann, aber meiner Ansicht nach ist er dafür nicht clever genug. Du kennst den Typ sicher – hat immer eine heiße Sache am Kochen, ohne daß je was dabei rauskommt.

Er hat ein Syndikat, wie er es nennt. Lauter Leute, denke ich, die er nur nach ihrer Bereitschaft ausgesucht hat, in seine Geschäfte zu investieren. Wenn er dich also auffordern sollte, Geld in eine Schatzsuche oder so was zu stecken, kann ich dir nur raten, deine Pennies festzuhalten.«

Ich lächelte. »Im Moment hab ich auch gar nicht mehr als Pennies. Aber abgesehen von Harmon, jetzt mal eine andere Frage. Wer beerbt Joan eigentlich? War überhaupt ein Testament da?«

»Ja, ein Testament ist vorhanden. Das kann ich dir mit Bestimmtheit sagen. Ich mußte ihr ja zureden wie einem kranken Gaul, ehe sie eines machte. Du kannst dir nicht vorstellen, in was für einem Zustand ihre geschäftlichen Angelegenheiten sich befanden. Unglaublich! Mir ist immer noch schleierhaft, wie sie bei dieser Schlamperei so viel Geld auf die Seite legen konnte.«

»Der Nachlaß ist groß?«

»Beachtlich.«

»Und wer erbt, da sie keine Familie hat?«

»Ich dachte, das wüßtest du«, sagte Hank. »Charlie Cornish. Er bekommt alles.«
Ich hatte es nicht gewußt, aber jetzt, wo er es sagte, fand ich es ganz logisch. Logisch, aber auch irgendwie beunruhigend.
»Na, da die Händler von der Salem Street nichts von mir wissen wollen, kann ich in der Mordsache wohl nicht viel mehr tun, als an der Bestandsaufnahme zu arbeiten und die Augen offenzuhalten. Vielleicht kann ich die Inventur ein bißchen in die Länge ziehen, damit mir etwas mehr Zeit bleibt.«
»Aber übertreib's nicht. Greg Marcus weiß genau, warum ich dir die Inventur übertragen habe. Ich möchte sein Entgegenkommen nicht mißbrauchen, sonst ist er vielleicht das nächstemal nicht mehr so entgegenkommend.«
Wie er da von Marcus sprach, ärgerte mich.
»So sonderlich entgegenkommend kann ich ihn nicht finden. Er tut es nur, um dir gefällig zu sein, und verhält sich mir gegenüber so, als sei er ganz sicher, daß ich sowieso nichts von Wert entdecken werde.«
Die Bemerkung des Lieutenant, daß ich mich bald wieder brav über meine Antiquitäten setzen könne, ärgerte mich immer noch.
»Jetzt wirf dich bloß nicht in die Heldenbrust und werd aggressiv«, sagte Hank. »Ich finde, du hast dem ehrenwerten Lieutenant gegenüber eine ganz merkwürdige Einstellung entwickelt. So wie du dich jedesmal aufregst, wenn nur sein Name fällt, würde ich sagen, daß du dich für ihn interessierst.«
»Ha, da kann ich nur lachen«, erklärte ich von oben herab. »Männer, die mich interessieren, müssen schon etwas sensibler sein.«
»Wie der Rockmusiker, mit dem du unten im Süden liiert warst?« Hank machte sich einen Spaß daraus, mich mit meinem Privatleben zu necken.
»John ist nicht nur Rockmusiker, sondern auch ein sehr

begabter Pianist. Aber die Geschichte verläuft mehr und mehr im Sand.«
»Ach? Wieso denn das?«
»Wenn man fast vierhundert Kilometer voneinander entfernt lebt und sich vielleicht zweimal im Jahr sieht, muß man mit der Zeit einfach einsehen, daß die Beziehung sich abkühlt. Trotzdem werde ich John immer mögen.«
»Und jetzt bist du auf der Suche.«
»Wie du das sagst! Als wär ich auf Großwildjagd. Klar, wenn sich Möglichkeiten bieten, sag ich nicht nein, aber deswegen geh ich noch lang nicht in den Singles Bars hausieren. Ich brauche keinen Mann, um mich als ganzer Mensch zu fühlen, und eine Frau, die bei Greg Marcus Gemeinsamkeit sucht, muß schon ziemlich verzweifelt sein.«
»Wenn du dich da nur nicht täuschst«, brummte Hank. »Greg war mal verheiratet – mit einer verdammt guten Frau. Und vor ein paar Jahren hat sich eine sehr schöne Frau aus Schickeriakreisen seinetwegen scheiden lassen. So unattraktiv kann er also nicht sein.«
»Und wo sind die beiden Damen jetzt?« fragte ich nur.
»Dann siehst du ihn also ausschließlich als Konkurrenten?«
»Was soll das nun wieder heißen?«
»Na, ich kenne dich doch. Ich wette, die Vorstellung, was Greg für ein Gesicht machen wird, wenn du den Mörder vor ihm schnappst, erfüllt dich mit höchster Genugtuung.«
»Und was ist gegen ein bißchen gesunde Konkurrenz einzuwenden?« fragte ich. »Marcus kann sie nur guttun.«
Hank lachte. »Na warte, wenn ich ihm das sage.«
»Das wirst du nicht tun. Dann wäre ja die ganze Überraschung hin.«
»Du hast recht. Ich werd's nicht tun. Aber ich möchte, daß *du* die Bestandsaufnahme als absolute Priorität betrachtest. Dein Kämpfchen mit dem Lieutenant kann warten, bis das erledigt ist.«
»Gut«, sagte ich und stand auf, »du bist der Chef. Aber ich

finde es ziemlich unökonomisch, eine ausgebildete Detektivin wie mich rumsitzen und Krimskrams zählen zu lassen, während ein Killer sein Unwesen treibt.«
Hoheitsvoll wandte ich mich zum Gehen, blieb aber leider mit dem Schulterriemen meiner Tasche an einer Stuhllehne hängen. Zornig riß ich mich los, während Hank mich mit leiser Belustigung beobachtete.
»He, Shar«, sagte er.
»Was?« Das klang so ungezogen, daß es mir peinlich war.
»Ich glaube, du hast in Greg Marcus deinen Meister gefunden.«
»Ach, glaubst du das? Nun, das gilt umgekehrt genauso. Vielleicht hat er in mir eine ebenbürtige Meisterin.«
Ich rauschte hinaus und achtete sorgfältig darauf, die Tür nicht zuzuknallen. Hinter mir konnte ich Hanks Lachen hören. Na schön, Hank wollte seine Bestandsaufnahme: Er konnte sie haben. Ich würde die begonnene Arbeit gleich heute abend fortführen.

9

Die Kommode, dachte ich bei mir, mußte Queen Anne sein. Oder war sie Chippendale? Welche Stilrichtung zeichnete sich durch diese komischen Füße aus? Die Kommode hatte nämlich wirklich komische Füße, äußerst komische Füße. Ich sah mir angestrengt die Illustrationen in einem der Antiquitätenführer für Sammler an, die ich mir aus der Bibliothek geholt hatte, und lehnte dann müde den Kopf an das so schwer einzuordnende Objekt. Es war Viertel nach drei Uhr morgens, und ich war kaputt.
Ich konnte natürlich nach Hause fahren, aber das schien mir kaum der Mühe wert. Darum nahm ich mir einfach die Wolldecke, die auf einem Sessel bei der Kasse lag, wickelte mich hinein und rollte mich auf dem mauvefarbenen Sofa neben Clotilde zusammen.

»Ein Glück, daß ich nicht abergläubisch bin«, sagte ich zu der kopflosen Puppe. »Es gibt bestimmt einen Spruch, der besagt, daß es Unglück bringt, wenn man in einem Zimmer schläft, in dem ein Mord verübt worden war. Aber an so was glauben wir beide nicht, was, altes Mädchen?«
Mir kam der Gedanke, daß ich vielleicht Clotilde fragen sollte, was sie in der Mordnacht gesehen hatte. Aber sie hätte mir sowieso nicht antworten können, da sie kopflos war.
Sharon McCone, ich glaube, du drehst langsam durch, sagte ich mir, während ich mich auf dem schmalen Sofa hin und her wälzte, um eine halbwegs bequeme Lage zu finden.
Vielleicht kam es daher, daß die Umgebung mir fremd war, vielleicht hatte dieser Schauplatz eines Mordes doch etwas Unheimliches für mich – ich konnte auf jeden Fall nicht einschlafen. Jedesmal riß mich das plötzliche Bewußtsein, daß ich gleich in Schlaf fallen würde, ruckartig in die Höhe, und ich war prompt wieder hellwach. Mein Körper zuckte, und ich fuhr in dem Gefühl zu fallen vom Sofa hoch. Als ich auch noch anfing, merkwürdige Geräusche zu hören und mir darüber Gedanken zu machen, wie isoliert ich hier war, zwischen lauter leerstehenden und ausgebrannten Häusern, wurde ich richtig zornig auf mich selbst und rettete mich ins Schäfchenzählen. Das wirkte wie immer.
Ich träumte, ich jagte Edwin, die kleine Schaufensterpuppe mit den Eisenschuhen, durch ein Labyrinth, das sich unter dem Verkaufsraum des Antiquitätenladens aufgetan hatte. Er rannte mit klappernden, klirrenden Schritten vor mir her, und ich erwischte ihn nie. Überall in dem Labyrinth hingen Spinnweben, denen ich auszuweichen versuchte, indem ich Haken schlug, aber es fruchtete nichts. Eine der Spinnweben streifte mein Gesicht mit böser, spottender Liebkosung. Ich schrie vor Entsetzen laut auf.
Und fuhr aus dem Schlaf, sicher und wohlbehalten zurück im Laden. Nur war ich nicht allein. Es war jemand hier; die Person, die mich berührt hatte und jetzt zum Hinterzimmer lief, wo eine Tür ins Freie führte.

Ich warf die Decke ab, sprang auf und rannte dem Fremden nach, ohne mir zu überlegen, was ich tun wollte, falls ich ihn erwischte. Unterwegs griff ich einen Hammer, der auf der Werkbank lag, rannte weiter, prallte unversehens mit einer dunklen Gestalt zusammen.

Ich schwang den Hammer, aber da wirbelte der Fremde herum, packte mich, und der Hammer flog in hohem Bogen durch die Luft. Ich folgte nach und landete krachend auf einem, wie ich später entdeckte, echten nachempfundenen Schirmständer, circa 1900. Der Eindringling riß unterdessen die Tür auf und floh. Ich hörte nur noch das Hallen seiner Schritte auf dem Pflaster.

Ich blieb erst einmal auf dem Boden liegen. Ich bekam kaum Luft, und Tränen des Schmerzes schossen mir in die Augen. Nach einer Weile stand ich auf und schaltete das Licht ein, um zu sehen, was ich abbekommen hatte. Am linken Arm war eine lange Schramme, und am Bein zeigten diverse Beulen, daß sie sich bald verfärben würden, aber ansonsten hatte ich offenbar keinen ernsten Schaden davongetragen. Der gebrechliche Schirmständer war hinüber.

In diesem Laden gab es etwas – oder hatte es etwas gegeben –, was jemandem so wichtig war, daß er um halb vier Uhr morgens durch die Hintertür eingebrochen war. Wer war dieser Jemand? Ganz gewiß nicht Charlies alter Freund, der Sensenmann. Der brauchte keine Schlösser aufzubrechen.

Nachdem ich die Tür zugemacht und abgesperrt hatte, räumte ich die Sachen weg, die dort herumstanden, damit sie die Verfolgung nicht behinderten, falls er zurückkommen sollte. Wenn der Einbrecher wirklich wiederkam, dann hatte ich ihn. Aber ich war ziemlich sicher, daß er nicht so leichtsinnig war. Ich ging wieder nach vorn und überlegte, ob ich mich noch einmal hinlegen oder, was das Vernünftigste gewesen wäre, nach Hause fahren sollte. Mir saß der Schreck immer noch in den Gliedern, und mir war klar, daß

dieses verlassene Haus mitten in der Nacht, wenn in der Salem Street nichts mehr los war, ein gefährlicher Ort war. Joan Albritton hatte hier den Tod gefunden.
In lautloser Hast packte ich meine Tasche und meine Jacke. Das Klirren splitternden Glases tönte auf der Straße, und ich warf mich zu Boden. Es mußte noch ein paarmal knallen, bis ich merkte, daß der Angriff nicht dem Haus galt, in dem ich mich befand. Während der Krach draußen weiterging, kroch ich zum Fenster und sah vorsichtig zur Straße hinaus.
Im Licht der Straßenlampe an der Ecke sah ich, daß das große Schaufenster des Trödelladens eingeschlagen war. Und gleich darauf kam Charlie herausgestürzt und schaute erregt erst in die eine, dann in die andere Straßenrichtung. Ein paar Sekunden blieb er in dem Scherbenhaufen auf dem Bürgersteig stehen, dann bückte er sich und hob etwas vom Boden auf. Es sah aus wie ein Ziegelstein.
Die Anschläge hatten also wieder begonnen.
Immer noch zitternd, ging ich zur Tür, sperrte auf und trat auf die Straße. Jetzt war alles still. Nur Charlies erbittertes Geschimpfe war zu hören. Ich wollte schon zu ihm hinübergehen, da hielt ich an. Ich hatte die Ladentür offengelassen, eine Einladung für jeden, der heimlich in den Laden wollte, für den Unbekannten, der eingebrochen war, während ich geschlafen hatte. Angenommen, er hatte noch nicht gefunden, was er suchte... Ich kehrte hastig um.
War das vielleicht überhaupt der Zweck des Anschlags auf den gegenüberliegenden Trödelladen gewesen? Hatte der Täter gehofft, mich damit aus dem Laden zu locken? Wenn ja, so war ihm das beinahe gelungen.
Und was hatte ich auf der Straße gesehen, als ich durch das Fenster geschaut hatte? Ein klares Bild war es nicht gewesen, eher der Eindruck einer untersetzten, kräftigen Gestalt, die den Bürgersteig entlanglief und mit den Schatten verschmolz. Es konnte derselbe Mensch gewesen sein, mit dem ich wenige Minuten vorher zusammengestoßen war.
Das Herz schlug mir bis zum Hals, als ich zum Sofa zurück-

kehrte und mich in die Wolldecke kuschelte, wobei ich voll Sehnsucht an mein warmes, weiches Bett zu Hause dachte. Aber jetzt nach Hause fahren, das kam nicht in Frage. Wenn der Eindringling nicht gefunden hatte, was er suchte, dann war es meine Aufgabe zu bleiben und den Laden zu hüten. Ich konnte mich wenigstens damit trösten, daß er mich, als ich ihn verfolgt hatte, nur weggestoßen, aber nicht angegriffen hatte.

Zum erstenmal seit der vergangenen Nacht, als ich die Blutflecken und die Kreideskizze auf dem Boden gesehen hatte, die in aller Deutlichkeit von dem schrecklichen Schicksal Joan Albrittons sprachen, wurde der Mord für mich wieder ganz real und berührte mich hautnah.

In die Wolldecke gehüllt hockte ich auf dem Sofa, zum Trost an Clotilde gelehnt, und wartete auf den Morgen.

10

Es wurde nur langsam hell. Nach einer Weile, als der Schreck über die nächtlichen Ereignisse nachließ, döste ich ein und fiel dann, als es zu tagen begann, in einen tiefen Schlaf, der mich, wenn auch nur von kurzer Dauer, erfrischte. Gegen neun Uhr erwachte ich von Hammerschlägen auf der Straße.

Ich ging zum Fenster und sah in einen sachte fallenden Nieselregen hinaus. Drüben war Charlie dabei, die eingeschlagene Schaufensterscheibe zu verbrettern. Der feine Regen strömte auf ihn herab und machte sein langes graues Haar naß.

Ein wenig gedrückt von dem grauen Morgen ging ich in das kleine Badezimmer hinter dem Laden, um mich frisch zu machen. Ich glättete meine zerknitterten Sachen so gut es ging und band mir das Haar zurück, damit es mich nicht störte, wenn ich nachher zwischen verstaubten Möbeln herumrobbte. Dann kramte ich aus meiner Tasche eine der Schoko-

ladentafeln, die ich immer bei mir hatte, und verspeiste sie. Das war mein Frühstück.
Im Laden war es kühl und klamm. Ich drehte die Heizung auf, krempelte die Ärmel hoch und machte mich mit meiner Liste in der Hand wieder an die Arbeit. Ich war entschlossen, möglichst schnell fertig zu werden und eine Theorie zu prüfen, die ich mir zurechtgelegt hatte, während ich fröstelnd im Dunklen gesessen hatte.
Meiner Ansicht nach gab es zwei Möglichkeiten: Entweder der nächtliche Eindringling war ein echter Einbrecher gewesen, der, da er von Joans Tod wußte, die Absicht gehabt hatte, sich zu bereichern, oder es war Joan Albrittons Mörder gewesen. Wenn es der Mörder gewesen war, dann mußte er zurückgekommen sein, um etwas zu holen, was er in der Nacht davor mitzunehmen vergessen hatte. Wenn ich herausbekommen konnte, was dieses Etwas war, würde es mir vielleicht möglich sein, den Mörder zu identifizieren. Ich arbeitete wie besessen.
Ungefähr eine Stunde später, als ich gerade auf allen vieren unter einem Tisch herumkroch, um ein Teeservice aus Zinn zu inspizieren, das aus unerklärlichem Grund dort versteckt war, hörte ich die Ladentür gehen und dann rasche Schritte im Laden.
»Wer ist da?« rief ich.
Die Schritte hielten an. »Wo sind Sie?« Es war eine Männerstimme.
Ich wollte aufstehen, schlug mir den Kopf an und sagte sehr laut: »Verdammt!«
Der Mann lachte, und gleich darauf tauchte ein Paar Schuhe neben dem Tisch auf. Eine Hand bot sich mir, ich nahm sie und kroch staubbedeckt und mit rotem Gesicht unter dem Tisch hervor. Der Mann war Oliver van Osten. Ich hatte sein Versprechen, vorbeizukommen und mir bei der Warenbestandsaufnahme zu helfen, ganz vergessen.
Van Osten sah aus wie aus dem Ei gepellt. Ich rieb mir hastig die schmutzigen Hände an der Hose, bis mir aufging, was

das für eine Schlamperei war. Aber van Osten schien es gar nicht zu bemerken. Er lächelte nur und sagte: »Na, wie kommen Sie zurecht?«
»Ganz gut, aber hier steht unheimlich viel Zeug rum. Selbst wenn man weiß, daß einige der Antiquitäten nicht echt sind, ist es irgendwie überwältigend.«
Er nickte. »Da kann ich Ihnen helfen. Kommen Sie, setzen wir uns, dann erzähle ich Ihnen ein bißchen was über Antiquitäten – um sie zu entmystifizieren gewissermaßen.«
Wir gingen nach vorn. Van Osten setzte sich neben Clotilde und gab ihr zur Begrüßung einen freundschlaftlichen Klaps auf die Schulter. Ich ließ mich auf einem Hocker nieder.
»Wie laufen Ihre Ermittlungen?« fragte van Osten.
»Besser als die Bestandsaufnahme«, schwindelte ich.
»Gibt's schon Verdächtige?«
»Darüber möchte ich im Moment nichts sagen.«
Van Osten schien über diese Antwort nicht erfreut.
»Wie gut waren Sie mit Joan Albritton bekannt, Oliver?«
Er runzelte die Stirn. »Oberflächlich. Sie war eine Kundin – allerdings besser als die meisten, das muß ich sagen.«
»Inwiefern?«
»Sie verstand etwas von Antiquitäten, von Kunst.« Er machte eine geringschätzige Geste. »Die meisten Käufer – was wissen die schon? Ich könnte meine ›Antiquitäten‹ als authentisch an sie verkaufen, und sie würden den Unterschied überhaupt nicht sehen.«
»So wenig wissen die Leute über das, was sie verkaufen?«
»Sie würden sich wundern, wie ahnungslos die meisten sind. Manche von ihnen sammeln privat; ich berate sie, sage ihnen, was sie kaufen sollen. Es ist ihnen völlig gleich, was es ist, Hauptsache es ist teuer.« Sein Gesicht war voller Hohn. »Sie müssen mich fragen, was sie kaufen sollen, und dann behandeln sie mich wie den letzten

Dreck. Nicht zu glauben, was da für primitive Leute auf dem hohen Roß sitzen.«
Van Osten schien immer noch unter den Minderwertigkeitsgefühlen des ehemaligen Provinzlers zu leiden.
»Sie verstehen offenbar sehr viel von Kunst«, bemerkte ich.
»Genug«, sagte er kurz. »Ich habe unter einigen hervorragenden Leuten studiert. Aber beschäftigen wir uns wieder mit den Fakten, die Sie für diese Bestandsaufnahme brauchen.«
Ich merkte, daß er fürchtete, zuviel von sich preisgegeben zu haben. Ich nickte. »Gut. Worauf kommt es also an?«
Van Osten wurde wieder etwas lockerer. In seiner Rolle als Lehrer fühlte er sich sicher.
»Erstens: Viele der beeindruckenden Namen und Bezeichnungen, die Antiquitäten gegeben werden, sind schlicht und einfach Händlerjargon, und den Händlern liegt in erster Linie daran, die Preise oben zu halten.«
»Wie meinen Sie das?«
Van Osten wies zu einem Bord hinter mir.
»Sehen Sie sich den Topf da an. Wenn Joan bemerkt hätte, daß ein Kunde ihn musterte, hätte sie ein Gespräch angefangen, von einem schönen, alten Gefäß voller Würde gesprochen und das Ding verkauft. Wir beide wissen, daß es nur ein alter Einmachtopf ist, aber als ›altes Gefäß mit Würde‹ hat es wesentlich mehr Zauber.«
Ich verstand.
»Die Händler werten ihre Ware mit Vorliebe durch grandiose Beschreibungen auf«, fuhr van Osten fort. »Sie sagen zum Beispiel, ›ja, das ist ein Stück im Stil Ludwigs des Vierzehnten‹, aber das besagt noch lange nicht, daß der Artikel Frankreich je gesehen hat. Und wenn man's genau betrachtet, hat das Zeug, das man hier in der Salem Street kaufen kann, fast durchwegs den Stil dieses alten Einmachtopfs, wenn man hier überhaupt von Stil sprechen kann.«

»Hört sich ja an, als wäre das ein ziemlich trickreiches Gewerbe«, bemerkte ich.
»Klar. Stimmt genau.« Er stand auf und ging zu der Vitrine, die noch offenstand, entnahm ihr ein kleines ovales Döschen. »Was denken Sie, was das ist?«
»Eine Pillendose.«
»Falsch. Es ist eine Schnupftabaksdose. Die waren mal groß in Mode. Ein ganzes Ritual ist damit verbunden. Man muß genau dreimal – nicht mehr und nicht weniger – auf die Dose klopfen, damit der Schnupftabak sich setzen kann. Dann öffnet man sie, nimmt eine Prise, und zwar genau so wie ich es jetzt zeige...« Er führte es mir mit einem spöttischen Lächeln vor.
»Diese Dose«, fuhr er dann fort und hielt sie mir hin, »ist aus Holz und recht alt, aber ziemlich bescheidenen amerikanischen Ursprungs. Ich wette aber, Joan Albritton hätte einen unkundigen Käufer überzeugen können, daß diese Dose Napoleons kaiserlichem Tabaklieferanten ›zugeschrieben‹ werden kann. Und in gewisser Weise wäre die Behauptung sogar wahr, nur wäre eben Joan die einzige gewesen, die der Dose einen solchen Ursprung hätte zuschreiben können.«
Ich glaubte ihm das gern; ich hatte Joan ja bei der Arbeit gesehen.
»Sehen Sie«, schloß van Osten, »Sie haben also wirklich nichts zu fürchten. Wenn ich Ihnen die Stücke gezeigt habe, die Joan bei mir gekauft hat, ergibt der Rest sich von selbst.«
»Wie Sie das sagen, klingt es höchst einfach.«
»Ich bin ja gekommen, um Ihnen zu helfen. Ich sehe auch gern Joans Bücher mit Ihnen durch. Daraus müßte zu entnehmen sein, welchen Wert sie den echten Stücken gab.«
Ich zögerte. Van Osten machte auf mich nicht den Eindruck eines Mannes, der irgend etwas umsonst tat. Und er war bestimmt nicht selbstlos hergekommen, weil er sich nebenbei gern einmal als Detektiv versuchen wollte.
»Schön«, sagte ich. »Wenn ich die Bücher finde – sofern

überhaupt welche da sind –, sehen wir sie durch.« Langsam rutschte ich vom Hocker. »Aber jetzt könnten Sie mir erst mal die Sachen zeigen, die Joan bei Ihnen gekauft hat, dann etikettiere ich sie gleich.«
Drei Stunden später waren wir beinahe fertig. Joan hatte alle möglichen Dinge von van Osten bezogen, vom Kerzenleuchter bis zum Chippendale-Stuhl, von der Miniatur bis zum versilberten Service. Von ihm lernte ich die richtigen Namen vieler der echten Stücke, die auf Lager waren, so daß ich dann nur noch mit Joans Liste zu vergleichen brauchte. Es würde ihm allerdings, sagte van Osten, größte Schwierigkeiten bereiten, mir für Clotilde, Edwin und Bruno einen Wert anzugeben.
»Joan hing sehr an diesen Kuriositäten«, sagte er, während er Edwin Eisenschuh betrachtete. »Ich glaube, sie meinte fast, sie könnten sie verstehen. Ich habe mir oft gedacht, daß Joan mit ihrer Neigung, leblosen Gegenständen gewissermaßen Atem einzuhauchen, eine großartige Jüngerin eines heidnischen Kultes gewesen wäre.«
Er hielt inne und griff nach dem Gemälde, das vor Edwin an der Wand hing.
»Und dieser Einfall, ihm ein Bild vor die Nase zu hängen, damit er sich etwas ansehen kann! Meiner Meinung nach war Edwin für sie eine Art Ersatz für ihren toten Enkel. Diese fixe Idee machte sich nämlich etwa um die gleiche Zeit bemerkbar.«
»Ist das ein Bild von Ihnen?« fragte ich und wies auf das Madonnenbildnis in seiner Hand.
Er warf einen Blick darauf.
»Nein, es ist wahrscheinlich von einem Maler hier aus der Gegend. Es gibt in San Francisco eine Menge Künstler, die sehr gut reproduzieren.«
Ich nahm ihm das Bild aus der Hand und betrachtete es.
»Ich habe eine Freundin, die mir wahrscheinlich sagen könnte, wer es gemalt hat. Vielleicht zeige ich ihr einfach

mal alle Bilder hier, die nicht auf der Liste stehen. Es sind einige, wie mir aufgefallen ist.«
Van Osten runzelte die Stirn.
»Ich würde einen Pauschalwert von fünf Dollar pro Stück ansetzen, wenn ich an Ihrer Stelle wäre, und Ihrer Freundin die Mühe sparen. Das hier kaufe ich Ihnen gleich ab. Die Wand in meinem Badezimmer hat einen Sprung, der dringend verdeckt werden muß.«
Ich lachte und sagte: »Wenn ich die Genehmigung hätte, Geschäfte zu machen, würde ich Sie wahrscheinlich beim Wort nehmen.«
Ich hängte das Bild wieder an die Wand und trat mit ihm in den letzten Gang. Innerhalb von einer Viertelstunde hatte ich alle Stücke, die dort noch standen, etikettiert und in meine Liste aufgenommen.
Als wir fertig waren, zog van Osten sein Jackett wieder an. Er gab mir eine seiner Karten für den Fall, daß ich noch Fragen haben sollte, und erinnerte mich daran, mich bei ihm zu melden, wenn ich Joans Bücher gefunden hatte.
Ich versprach, das zu tun, dann begleitete ich ihn zur Tür und verabschiedete mich von ihm. Als ich die Ladentür öffnete, sah ich am Bordstein ein schwarzes Auto stehen, und während van Osten davonging, stieg Lieutenant Marcus aus dem schwarzen Wagen und kam auf mich zu.

11

Ich blieb an der offenen Tür stehen und wartete, während Greg Marcus den Bürgersteig überquerte. Als er mich erreichte, trug sein Gesicht den gewohnten sarkastischen Ausdruck – spöttisches Lächeln um den Mund, eine Augenbraue hochgezogen.
»Ich sehe, Sie sind schwer an der Arbeit«, bemerkte er. »Wer ist denn Ihr Freund?« Mit dem Kopf wies er in die Richtung, in der van Osten davongegangen war.

»Ein Antiquitätenhändler. Er hat mir ein paar Tips gegeben.« Ich drehte mich um und ging hinein. Marcus folgte.
»Und wie kommen Sie zurecht?« fragte er und hängte seinen feuchten Trenchcoat über eine Sessellehne.
»Den Umständen entsprechend. Bitte nehmen Sie Ihren Mantel da weg. Der Sessel ist Early American, und die Nässe tut dem Holz nicht gut.« Mir waren die Antiquitäten zwar schnuppe, aber Marcus' Unachtsamkeit ärgerte mich.
Er sah mich mit übertriebener Überraschung an, nahm seinen Mantel und wischte demonstrativ ein paar Wassertröpfchen von der Lehne.
»Du meine Güte, wäre ja furchtbar, wenn die kostbaren Stücke naß würden.«
»Besonders bei diesem Sessel wäre es furchtbar. Der gehört nämlich zu den wenigen echten Stücken, die hier rumstehen.«
Damit kehrte ich ihm den Rücken und ging zum Hocker bei der Kasse.
»Ah ja, *papoose*«, sagte Marcus zu meinem Rücken, »ich sehe, Sie haben schon viel gelernt. Schade, daß das so gar keinen günstigen Einfluß auf Ihr Wesen hat – und Ihr Äußeres. Ich finde, Sie könnten dringend ein Bad gebrauchen.«
Ich fuhr zornig herum.
»Was soll das heißen – *papoose*?«
»Na, so nennt man doch die Indianerbabys, stimmt's nicht? Oder soll ich Sie lieber ›squaw‹ titulieren?«
Es gelang mir nur mit Anstrengung, ruhig zu bleiben.
»Ich würde Ihnen von beidem abraten. Ich habe nämlich keine Lust, mir Ihre Ansichten über meine Familie und mein Aussehen anzuhören. Ich könnte mir denken, daß Sie auch nicht gerade wie ein Adonis aussähen, wenn Sie die Nacht auf dem Sofa dort zugebracht hätten.«
Er warf einen Blick auf Clotildes Sofa und setzte sich. Im Gegensatz zu van Osten bedachte er die Schneiderbüste nur mit einem irritierten Blick und rückte von ihr ab.
»Da haben Sie recht, ich sähe aus wie durch die Mangel

gedreht, wenn ich auf dem Ding genächtigt hätte.« Er nahm sich eine Zigarette, zündete sie an und warf das Streichholz in eine Zinnschale.
Ich riß die Schale weg, nahm das Streichholz und legte es mit einer Geste, die sein demonstratives Abwischen der Sessellehne imitierte, in einen Aschenbecher aus Glas. Marcus beobachtete mich mit zusammengekniffenen Augen.
»Tut mir leid«, sagte er. »Ich hätte wissen müssen, daß das auch ein Wertstück ist, aber ich bin leider nicht so sachkundig wie Sie.«
»Man braucht nicht sachkundig zu sein, um zu sehen, daß das kein Aschenbecher ist.« Ich hockte mich wieder auf meinen Hocker.
»Sie haben hier übernachtet?« fragte Marcus ziemlich unvermittelt mit merkwürdigem Blick. »In diesem Raum, wo die Tote gefunden wurde?«
Wenigstens hatte er für den Augenblick einmal seine Spottlust abgelegt.
»Ich habe lange gearbeitet und hatte keine Lust, noch nach Hause zu fahren.«
»Mein Gott«, brummte er kopfschüttelnd.
Angesichts dieser Reaktion war ich mit meiner Angst und meinen schrecklichen Träumen beinahe ausgesöhnt.
»Die Leiche war ja nicht mehr da. Außerdem passierten ein paar interessante Sachen.«
»Ach?« Er beugte sich auf dem Sofa vor.
»In den frühen Morgenstunden brach hier jemand ein. Ich verfolgte ihn, und wir hatten eine kurze tätliche Auseinandersetzung, aber er entkam. Unmittelbar danach schlug jemand die Schaufenster von Charlie Cornishs Laden ein.«
»Ja, mir fiel schon auf, daß alles verbrettert ist.« Marcus sah mich nachdenklich an. »Konnten Sie die Person erkennen, die hier eingebrochen hat?«
»Nein.«
»Wieviel Zeit verging zwischen dem Einbruch und den eingeschlagenen Fenstern?«

»Vielleicht fünf Minuten.«
»Haben Sie da jemand gesehen?«
»Ich hatte einen Eindruck von Größe und Figur.«
»Und?«
»Klein bis mittelgroß. Kräftig, untersetzt. Wie der Mann, der hier eingedrungen ist.«
»Wie ungefähr ein Drittel aller Männer in San Francisco«, meinte er wegwerfend.
»Ich habe nicht behauptet, daß ich ihn beschreiben könnte. Wichtig ist, daß es ihm vielleicht darum ging, mich vom Laden wegzulocken, als er die Fenster einschlug.«
»Wie kommen Sie darauf?«
»Das ist doch logisch.«
»Mir klingt das mehr nach weiblicher Intuition als Logik.«
Ich wurde schon wieder wütend. Wieso mußte dieser Kerl ständig allem, was ich sagte, widersprechen? Mühsam meine äußere Ruhe bewahrend, sagte ich: »Trotzdem glaube ich, daß es so war.«
»Und was wollte diese Person Ihrer Meinung nach hier?«
»Darüber denke ich schon den ganzen Morgen nach. Entweder ist es ein Gegenstand, den er hier liegengelassen hat, oder etwas, das er in der vergangenen Nacht mitzunehmen vergaß. Aber was das sein kann, weiß ich nicht.«
»Ach?« Wieder das spöttische Hochziehen einer Augenbraue. »Sie glauben also, dieser Unbekannte war der Mörder?«
»Ja.«
»Sie sprechen immer von einem Mann – könnten Sie sich vorstellen, daß es eine Frau war? Auch Frauen begehen Morde, wissen Sie.«
»Und ob ich das weiß!« knirschte ich unterdrückt, aber Marcus hörte es dennoch und bedachte mich mit seinem sarkastischen Lächeln.
Mit einem Lächeln, das ebenso falsch war wie seins, fragte ich betont unschuldig: »Und Sie? Was haben Sie Interessantes getrieben?«

Er warf mir einen ätzenden Blick zu und drückte seine Zigarette aus.
»Die möglichen Verdächtigen, die Sie uns nannten, haben nachweislich nichts mit der Geschichte zu tun.«
»Die Leute von der Credit Union, meinen Sie?«
»Die, ja, und auch die von der Freedom School. Beide Vereine haben anderswo Land gekauft. Sie sind also aus dem Rennen. Was das College und die Immobilienfirma Ingalls angeht, bin ich Ihrer Meinung. Bleiben also die Leute in diesem Viertel.«
»Moment mal. Haben Ihre Leute mit Mrs. Ingalls oder Vertretern des College gesprochen?«
Er war pikiert. »Wenn sie's noch nicht getan haben, werden sie es sicher tun, aber es ist reine Routine. Es gibt keinen Grund, eine dieser beiden Parteien zu verdächtigen, und ich möchte solche Leute nicht gern wegen dieser Mordsache belästigen.«
»Wieso nicht?« fragte ich aufgebracht. »Sind sie was Besseres als Joan Albritton? Ist ihre Zeit so kostbar, daß Sie es sich nicht erlauben dürfen, ihnen ein paar Minuten zu rauben, um einen Mord aufzuklären?«
»Aber Sharon«, sagte er in gönnerhaftem Ton, »ich sagte doch, daß ich mit Ihrer Beurteilung der Dinge übereinstimme. Ich kann es mir nicht leisten, viel Zeit auf falsche Spuren zu verschwenden, deshalb ziehe ich es vor, meine Aufmerksamkeit hier auf dieses Viertel zu konzentrieren.«
»Jetzt sprechen Sie schon zum zweitenmal von ›diesem Viertel‹. Ist das vielleicht ein Euphemismus für einen Verdächtigen, den Sie im Auge haben?«
»Schon möglich. Ich hoffte, Sie würden mir helfen. Aber ich habe den Eindruck, daß Sie es mir lieber schwermachen.«
Ich rutschte vom Hocker und lief ein paarmal hin und her.
»Ich verstehe Sie nicht«, erklärte ich schließlich. »Hindert

Druck von oben Sie daran, Leute zu verhören, die hier in San Francisco Macht und Einfluß haben? Oder ist es so, daß Sie von einer fixen Idee besessen sind und vor allen anderen Möglichkeiten die Augen verschließen?«

Kaum hatte ich es ausgesprochen, da wünschte ich, ich hätte es taktvoller formuliert. Marcus erstarrte förmlich, und einen Moment lang sagte er gar nichts. Dann beugte er sich vor und sagte sehr kalt: »Seien Sie vorsichtig, Miss McCone. Sie sind nur dank meiner Genehmigung hier, merken Sie sich das.«

»Mein Chef war Joan Albrittons Anwalt. Die Anfertigung der Warenbestandsaufnahme gehört zu meinen Aufgaben.«

»Ich sagte, seien Sie vorsichtig. Sie zeigen ein ungewöhnliches Interesse an diesem Mordfall. Wenn Zahn nicht für Sie bürgen würde, würde ich sagen, daß Sie jemanden decken.«

Ich war baff. »Und an wen denken Sie da?«

»An diesen Cornish zum Beispiel. Soweit ich unterrichtet bin, sind Sie ziemlich dick mit ihm befreundet, haben ihn gestern abend noch besucht.«

Einen Moment war ich sprachlos, dann entgegnete ich heftig: »Lassen Sie mich vielleicht überwachen?«

»Natürlich nicht. Aber ich habe meine Quellen.« Er stand auf und pflanzte sich mit selbstzufriedener Miene vor mir auf.

»Ich kann besuchen, wen ich will.« Meine Stimme zitterte vor Zorn.

»Nicht, wenn Sie die Ermittlungen der Polizei behindern.«

Ich stand da wie vom Donner getroffen. Marcus' Blick wanderte von meinem Gesicht abwärts zu meinen Händen. Ich sah ebenfalls hinunter, aus dem Band, das ich mir vorher im Zorn aus dem Haar gerissen hatte, hatten meine Finger wie von selbst eine hübsche kleine Schlinge geknüpft.

Langsam glitt Marcus' Blick wieder zu meinem Gesicht herauf.

»Es gelingt Ihnen schlecht, Ihre Gefühle zu verbergen, nicht?« Er hielt inne. Sein Gesichtsausdruck war hart, als er sich noch ein Stück näher zu mir neigte. »Ich habe Ihnen etwas zu sagen, Miss McCone, und möchte Sie bitten, mir aufmerksam zuzuhören. Ich gebe Ihnen genau achtundvierzig Stunden, um diese Warenbestandsaufnahme abzuschließen und den Laden zu räumen. Übermorgen mittag um zwölf Uhr spätestens sind Sie draußen.
Wenn ich sehen oder davon hören sollte, daß Sie mit irgendeiner Person sprechen, die mit dem Fall zu tun hat, oder daß Sie jemanden wie die Hemphill-Leute oder Mrs. Ingalls belästigen, werde ich persönlich dafür sorgen, daß Sie nie wieder als Detektivin arbeiten. Sie können dann ins Kaufhaus zurückkehren, wo Sie meiner Meinung nach sowieso hingehören, und Kleider bewachen.«
Ich konnte nur stumm einen Schritt zurückweichen.
»Außerdem«, fuhr Marcus fort, »wird das Haus von jetzt an rund um die Uhr überwacht werden, falls Ihr sogenannter Mörder zurückkommt. Ich möchte nicht schuld daran sein, wenn Sie niedergestochen werden, während Sie hier dieses Gerümpel zählen.«
Er hatte sich über meine Vermutung, daß der nächtliche Eindringling und der Mörder dieselbe Person sein könnten, lustig gemacht, doch er maß ihr immerhin soviel Bedeutung bei, daß er den Laden überwachen lassen wollte.
Ich sah auf meine Uhr. »Es ist ein Uhr.«
»Wie?« Marcus, schon auf dem Weg zur Tür, drehte sich um.
»Sie sprachen von achtundvierzig Stunden. Das ist übermorgen dreizehn Uhr, nicht um zwölf.«
Unterschiedliche Emotionen stritten in seinem Gesicht – Zorn, Ärger, eine Spur von Bewunderung. Der Ärger siegte.
»Sie sind unbelehrbar, wie?« Damit wandte er sich ab und ging.

»Ganz recht«, sagte ich in den leeren Laden hinein. »Ich bin unbelehrbar.«
Ich hatte achtundvierzig Stunden Zeit. Marcus hatte die Zeit, die ich für die Bestandsaufnahme brauchen würde, weit überschätzt. Wenn ich mich beeilte, konnte ich schon am Nachmittag fertig sein. Dann blieben mir beinahe zwei volle Tage, um nach Joans Mörder zu suchen und ihn eventuell sogar zu finden.
Und, dachte ich düster, um wieder in der Damenkonfektion zu landen.

12

Am besten war es natürlich, Greg Marcus' Pfade in den kommenden achtundvierzig Stunden nicht zu kreuzen. Ich war recht zuversichtlich, daß mir das gelingen würde. Der Lieutenant würde sich nämlich meinen Vermutungen nach ganz darauf konzentrieren, Charlie Cornish den Mord nachzuweisen. Während ich meine Zeit völlig anders zu nutzen gedachte.
Da ich die Inventur schnell abschließen wollte, machte ich mich im Hinterzimmer auf die Suche nach Joans Aufzeichnungen über ihre Einkäufe. In einem alten Schiffskoffer entdeckte ich schließlich ein blaues Buch mit der Aufschrift »Eingekaufte Waren« auf dem Deckel. Ich nahm es mit ins Vorderzimmer und verglich die Eintragungen mit denen auf meinen Listen.
Gegen Abend hatte ich nahezu allen Objekten im Laden einen Wert zugemessen, der sich an dem von Joan ursprünglich bezahlten Preis orientierte. Ausgenommen waren: Edwin; Bruno; fünf Gemälde einschließlich der Madonna an Edwins Wand; die dolchähnlichen Messer mit den Beingriffen, von denen eines, die Mordwaffe, fehlte.
In dem Buch waren nur die Einkäufe der letzten fünf Jahre verzeichnet, deshalb versuchte ich mein Glück noch einmal

in dem Überseekoffer und stieß wirklich unter einem Wust von Büromaterial, Visitenkarten und alten Einkommensteuerbescheiden auf ein zweites Buch, das noch einmal sieben Jahre zurückreichte. Auf Seite drei entdeckte ich die Eintragung, »1 ausgestopfter Hd., Teil eines von Bigby bei Versteigerungen erworbenen Postens – an Bigby bez. 17,50 Dollar.«
Bruno hatte also zu einem Warenposten gehört, den Joan draußen in Contra Costa County für Austin Bigby erstanden hatte, den kleinen rothaarigen Händler, der seinen Laden ein paar Häuser weiter hatte. Ich mußte lächeln bei der Vorstellung, wie Bigby angesichts Brunos auf seine bekannte Art wie ein Rohrspatz zu schimpfen begonnen und dem Hund schließlich seinen Laden verboten hatte. Joan hatte ihm dieses außergewöhnliche Objekt wahrscheinlich nur um des lieben Friedens willen abgekauft.
Mit Hilfe dieses Buches würden sich wahrscheinlich auch die letzten Fragen noch klären lassen – ein Glück, denn jetzt hatte ich es eilig, endlich aus dem Laden heraus- und mit meinen Mordermittlungen weiterzukommen. Außerdem war ich hungrig; seit der Tafel Schokolade war eine lange Zeit vergangen. Ich beschloß, die beiden Bücher und die Gemälde einfach mit nach Hause zu nehmen und dort weiterzuarbeiten. Edwin und die Messer brauchte ich nicht; wie die aussahen, wußte ich. Ich packte alles in einen Karton, trug ihn zum Wagen hinaus und ging dann noch einmal zurück, um abzusperren.
Als ich aus dem Hinterzimmer kam, wo ich mich vergewissert hatte, daß abgeschlossen war, stand Charlie vorn an der Kasse, in der Hand eine MacDonald-Tüte.
»Ich wollte mich entschuldigen«, sagte er und bot mir die Tüte an. Er sah blaß und abgespannt aus, ansonsten aber schien er den vergangenen Abend heil überstanden zu haben.
Ich nahm mir einen Cheeseburger und eine Cola aus der Tüte.

»Sie brauchen sich nicht zu entschuldigen. Wie fühlen Sie sich?«

»Beschissen. Sind Sie hier fertig?«

»Beinahe.« Der Cheeseburger war für mich fast wie Manna. »Ein paar Sachen sind noch da, die ich nicht bewerten kann. Wissen Sie vielleicht, was Edwin wert ist?«

Charlie schüttelte den Kopf.

»Joanie war er sicher sehr teuer. Aber was er anderen wert wäre – keine Ahnung.« Langsam schritt er durch den Gang zu der kleinen Schaufensterpuppe.

»Wissen Sie eigentlich, woher sie ihn hatte?« fragte ich.

»Vermutlich aus einem Kaufhaus, das Pleite machte«, meinte Charlie achselzuckend. »Edwin steht schon seit ewigen Zeiten hier – solange ich Joan kenne.«

Die Bücher würden mir also nichts über ihn sagen.

»Van Osten kam heute morgen vorbei«, bemerkte ich. »Er ist der Meinung, Edwin sei für Joan eine Art Enkelersatz gewesen. Er behauptet, diese Idee, Edwin ein Bild zum Anschauen an die Wand zu hängen, sei ungefähr um die Zeit aufgekommen, als der Junge starb.«

Charlie prustete geringschätzig. »Die reine Amateurpsychologie. Joanie hatte immer eine Schwäche für Edwin. Sie hat sich immer schon mit ihm unterhalten und so. Und daß sie ihn als Kunstliebhaber vorstellte, das war doch nur ein Verkaufsgag. Ich weiß noch genau, wann Joan auf den Einfall kam. Das war im Herbst, beinahe ein ganzes Jahr vor Chris' Tod.«

»Wie kommt es, daß Sie sich so genau erinnern?«

Charlies Augen blickten in weite Ferne, während er zerstreut die Krawatte von Edwins Matrosenanzug zurechtzog.

»Joanie kam dauernd mit so verrückten Ideen an. Manche Leuten meinten, sie hätte den Bezug zur Realität verloren, aber ich fand das nicht, im Gegenteil – sie schlug aus ihren Fantasien ganz realistisch für sich Kapital. Sie war eine erfolgreiche Geschäftsfrau. Immerhin gehörten ihr drei

Viertel dieses Häuserblocks.« Er machte eine entsprechende Geste.

»Jedenfalls«, fuhr er fort, »damals im Herbst berichtete sie mir belustigt von ihrem Einfall. Edwins Kunstgalerie, nannte sie es. Nachdem wir uns das eine Weile ausgemalt und ein paar Späße darüber gemacht hatten, ging ich mit ihr hierher und half ihr, die Puppe vom Boden loszumachen und so zu drehen, daß sie zur Wand schauen konnte, wo Joan die Bilder aufhängen wollte.«

»Sie mußten ihn vom Boden losmachen?«

»Ja. Seine Schuhe waren angenagelt, weil er zweimal umgestürzt war und sich das Gesicht angeschlagen hatte.« Charlie machte mich auf kleine Unregelmäßigkeiten an Edwins Nase und linkem Ohr aufmerksam. »Ich hab ihn dann wieder festgenagelt – in der Stellung, in der er jetzt steht.«

»Lieber Himmel«, sagte ich, »sie hatte wirklich eine blühende Fantasie, hm?«

»Ja, und ansteckend war sie dazu. Joan lachte gern, und ich lachte gern mit ihr. Aber dann starb Chris, und Ben Harmon erschien auf der Bildfläche. Da änderte sich einiges...« Charlie verstummte.

»Ben Harmon. Der Mann, den ich gestern bei Ihnen getroffen habe.« Ich wollte Charlie die Möglichkeit lassen, mehr über den Mann zu sagen.

»Ja, dieses Schwein. Ich schickte Joanie zu ihm, als Chris von den Bullen erwischt worden war, und von da an lungerte er dauernd bei ihr herum. Er hat draußen im Sunset District eine Frau und fünf Kinder, aber das konnte ihn nicht bremsen. Mir paßte es überhaupt nicht, daß er dauernd bei Joan war. Mir paßt überhaupt vieles nicht an ihm, am wenigsten, daß er vom Verkauf der Grundstücke hier noch profitiert.«

»Wie denn das?«

»Deswegen kam er ja gestern abend zu mir. Joanie hatte sich offenbar mündlich verpflichtet, an ihn zu verkaufen. Sie hatten vereinbart, daß Harmon ein Einkaufszentrum mit

Eigentumswohnungen bauen würde und Joanie dafür, daß sie ihm das Geschäft verschafft hatte, einen neuen Laden zu einem reduzierten Mietpreis bekommen würde. Harmon verlangt jetzt, daß wir uns an diese Vereinbarung halten.«
Charlie schob trotzig die Unterlippe vor. »Wenn ich mir vorstelle, daß dieses Schwein sich den Grund hier unter den Nagel reißt, noch dazu, wo die Ingalls so viel mehr bietet! Aber wenn Joanie es so wollte, dann wird es wohl dabei bleiben müssen.«
»Das ist wirklich schade, besonders in Anbetracht der anderen Angebote.«
Charlie zuckte die Achseln. »Joanie wird ihre Gründe gehabt haben.« Dann fügte er hinzu: »Übrigens wird der Laden von der Polizei überwacht.«
Ich ging zum Fenster und sah durch die dichter werdende Dunkelheit auf das blau-weiße Auto hinaus, das auf der anderen Straßenseite stand. So würde der Mörder nie zurückkommen.
Ich drehte mich um, weil ich Charlie etwas sagen wollte, doch noch ehe ich den Mund aufmachen konnte, erschütterte eine Explosion die Straße. Es war ein ohrenbetäubender Knall, bei dem die Fenster im Laden erzitterten. Charlie und ich starrten uns entsetzt an und stürzten zur Tür.

13

Wir rannten auf den Bürgersteig hinaus. Im nächsten Häuserblock schossen hohe Flammen aus einem der verwahrlosten Gebäude.
»Mein Gott!« schrie Charlie. »Das ist Austins Laden. Kommen Sie. Vielleicht ist er noch drinnen.« Schon hetzte er die Straße hinunter.
Der Polizeibeamte auf der anderen Straßenseite war bereits an seinem Funkgerät, und Sekunden später stürzte auch er in Richtung zu dem Feuer davon. Ich ging noch einmal zurück,

um den Laden abzusperren, dann fiel mir ein, daß ich auch meinen Wagen abschließen mußte, in dem sich die Bücher befanden. Bis ich zu Austins Laden kam, waren schon zwei Feuerwehrwagen da, und die Polizei hatte eine provisorische Absperrung gebildet, um die Neugierigen zurückzudrängen. Ganz vorn sah ich Charlie und Austin. Austin war also nicht im Laden gewesen.

Charlie hatte wie schützend den Arm um Austin gelegt, der mit hängenden Armen wie im Schock dastand. Als ich mich den beiden näherte, drehten sie sich um, und Charlie faßte Austin fester, als hätte er Angst, ich könnte ihm den Mann entreißen. Über Austins runzliges Gesicht strömten Tränen.

»Wie ist das passiert?« schrie ich Charlie zu, der Mühe hatte, mich im lauten Prasseln von Wasser und Feuer zu verstehen.

»Austin sagt, es war wie eine Bombenexplosion«, schrie er zurück. »Er kam gerade aus der Kneipe, wo er ein Bier getrunken hatte, da sah er es. Erst hörte er den Wahnsinnsknall, dann sah er das Feuer.«

Es brannte lichterloh, doch die Feuerwehr schien die Flammen unter Kontrolle zu bekommen. Austin drehte sich nach mir um und legte mir eine Hand auf die Schulter. Er war in seiner Verzweiflung so zusammengesunken, daß er dazu aufwärts greifen mußte.

»Alles ist hin«, stieß er schluchzend hervor. »Alles, Miss McCone. Mein ganzes Lager brennt ab.«

Der kleine Händler tat mir von Herzen leid. Ich nahm einfach seine Hand, da ich nicht wußte, was ich sagen sollte.

»Warum passieren gerade uns diese schrecklichen Dinge?« jammerte er. »Was will man denn von uns? Was sind das für Leute, die so etwas tun?«

Ohne etwas zu sagen, drückte ich seine Hand fester. Ich konnte den Blick nicht von den lodernden Flammen wenden. Das gehörte mit zu den Dingen, die ich am meisten fürchtete – ein unkontrollierbar wütendes Feuer.

»Ja, wer sind diese Leute?« fragte ich für mich.
Ein Donnern, ein Krachen, überall flogen Funken. Ich wich stolpernd zurück. Charlie ließ Austin los, und ich packte ihn, als wäre er ein Kind, das von der Menge überrannt werden könnte. Das Dach war eingestürzt.
Ich hielt Austin keuchend fest, während ich zusah, wie die Feuerwehrleute arbeiteten, um das Feuer einzudämmen.
»Da hätte ich drin sein können!« schrie Austin hysterisch und klammerte sich an mich. »Ich hätte da drinnen mit meinen Sachen verbrennen können. Sie wollten mich umbringen.«
Ich ging nicht auf sein Geschrei ein, sondern zog ihn mit mir von der Straße auf den Bürgersteig. Charlie folgte uns mit ratloser Miene. Als er keine Anstalten machte, mir Austin wieder abzunehmen, hakte ich den kleinen Mann einfach unter. Das hatte auch etwas Beruhigendes. Der Bürgersteig war naß; ich spürte, wie Wasser in meine Schuhe drang.
»Das nächste Mal kommt bestimmt einer dabei um!« Austin weinte heftig.
Ich wußte nicht, wie ich ihn trösten sollte. Ich wollte sagen, daß die Versicherung seine Verluste bezahlen würde, aber ich wußte nicht einmal, ob er überhaupt versichert war, und außerdem war das jetzt ein armseliger Trost.
»Was wollen die denn?« fragte er mehrmals schluchzend. »Was wollen die von uns?«
»Das weiß ich auch nicht, Austin.« Die Flammen legten sich etwas, und das Atmen ging leichter. »Ich verstehe das alles auch nicht.«
Austin lehnte sich schniefend an mich.
»Aber Sie sollten der Sache doch auf den Grund gehen. Dazu haben wir Sie angeheuert. Und nun ist Joan tot und mein Laden abgebrannt.« Er fing von neuem an zu schluchzen.
Ich sah Charlie an, aber der breitete nur hilflos die Hände aus.
»Wieso haben Sie nichts getan?« fragte Austin und schüttelte mich.

Die Flammen sanken langsam in sich zusammen.
»Austin«, sagte ich, »Sie haben alle gemeinsam dagegen gestimmt, mich zu engagieren.«
»Aber nein, wir waren für Sie«, protestierte er. »Wir haben Sie doch auch bezahlt. Ich war letzten Herbst Schatzmeister der Genossenschaft. Ich weiß noch, wie ich den Scheck ausgeschrieben habe.«
»Ich meinte nicht damals. Ich spreche von gestern abend, als Sie abstimmten und beschlossen, mich nicht mit der Aufklärung des Mordes an Joan zu beauftragen.«
Als ich mich nach Charlie umsah, merkte ich, daß er dabei war, sich davonzuschleichen.
»Was haben wir gestern abend getan?« Austin kramte in seiner Hosentasche und zog ein schmutziges Taschentuch heraus, mit dem er sich die Augen wischte.
»Charlie schlug vor, die Genossenschaft solle mich beauftragen, bei den Ermittlungen über den Mord Ihre Interessen zu vertreten. Sie lehnten den Vorschlag ab.«
Plötzlich kam mir ein schrecklicher Verdacht. Ich wollte Charlie hinterher.
Austins verquollenes Gesicht war verständnislos.
»Er hat überhaupt nicht – ich meine, wir haben gestern abend lediglich für den Kranz gesammelt. Sonst nichts.«
»Charlie hat gar nichts von mir gesagt?«
»Nein.«
Ich fuhr herum, um nach Charlie zu sehen, und sah gerade noch, wie er in der Menge verschwand.
»Zum Teufel mit dir, Charlie Cornish«, brummte ich zornig. Am vergangenen Abend hatte er mich an der Nase herumgeführt, und jetzt hatte er mir Austin Bigby aufgehalst. Verzweifelt sah ich mich um, nach irgend jemandem, den ich kannte.
Mein Blick fiel auf Dan Efron, den schlaksigen, dunkelhaarigen Komiker der Salem Street, den alle Dandy nannten. Ich winkte ihm, und er kam, ausnahmsweise einmal nicht in Stimmung für Clownerien.

»Dan, Austin ist ganz außer sich. Bitte kümmern Sie sich ein wenig um ihn, ja?«
Ich schob ihm Bigby in die Arme, ehe er protestieren konnte, und drängte mich durch die Menge, Charlie hinterher.
Der Trödelladen war zu und, wie es schien, verlassen. Ich trommelte an die große Tür, obwohl ich wußte, daß ich keine Antwort bekommen würde, wenn Charlie sich drinnen versteckt hielt. Nach ein paar Minuten gab ich zornig auf.
Ich wollte einfach nicht glauben, daß Charlie mich so getäuscht hatte. Was hatte er zu verbergen? Hatte er etwas mit Joans Tod zu tun?
Ich ging über die Straße zu Joans Laden. Der Bewacher der Polizei war nirgendwo zu sehen; sicher war er noch drüben bei der Brandstelle. Um mich noch einmal zu vergewissern, daß im Laden alles in Ordnung war, sperrte ich auf und knipste das Licht an, bevor ich hineinging.
Im Laden sah es aus, als hätte auch dort eine Explosion stattgefunden. Möbelstücke waren umgestürzt, Vasen lagen in Scherben. Ich starrte in einen zertrümmerten Spiegel und sah hundert Fragmente meines eigenen Bildes. Selbst der alte Einmachtopf, van Ostens altes, würdevolles Gefäß, war vom Bord gestürzt und in Scherben gegangen.
Wie nach einem Erdbeben. Aber es hatte gar kein Erdbeben gegeben.
Aus dem Hinterzimmer kam ein kühler Luftzug. Vorsichtig trat ich ein. Die Hintertür stand einen Spalt offen, das Schloß war aufgesprengt worden. Während alle mit dem Brand beschäftigt gewesen waren, war also hier ein ungebetener Besucher gekommen und wieder gegangen.
Müde lehnte ich mich an den Arbeitstisch. Enttäuschung und Niedergeschlagenheit lähmten mich einen Moment. Diesmal hatte der Mörder wahrscheinlich gefunden und mitgenommen, was er suchte. Ich fragte mich, ob er für das Feuer verantwortlich war, das er sozusagen als Ablen-

kungsmanöver inszenierte. Eine reichlich extreme Maßnahme, fand ich, aber der Mord war auch eine extreme Tat gewesen. Es mußte etwas sehr Wichtiges auf dem Spiel stehen.

Ich suchte in einer Schublade unter dem Arbeitstisch, wo ich vorher ein Vorhängeschloß gesehen hatte, fand es und sicherte die Hintertür. Dann inspizierte ich das Trümmerfeld im Laden, um festzustellen, was fehlte. Keiner der Gegenstände, die sich nach meiner Erinnerung in meiner Liste befanden, fehlte, wenn auch viele völlig zerstört waren. Vor Edwin, der unversehrt in seinen Eisenschuhen dastand, machte ich halt.

»Du kannst von Glück reden, mein Junge«, sagte ich. »Deine Füße sind am Boden festgenagelt.« Irgendwie erinnerte die Puppe mich an meine kleinen Brüder bei ihrer Erstkommunion.

Ich wußte, daß ich eigentlich die Polizei benachrichtigen müßte, aber dann hätte ich warten und lästige Fragen über mich ergehen lassen müssen. Außerdem würde der Überwacher sowieso bald zurückkommen und dann die Sache entdecken. Ich konnte jetzt meine Listen durchgehen und vielleicht feststellen, was fehlte, aber das konnte die ganze Nacht dauern, und es war nicht gesagt, ob ich mit Hilfe dieses Objekts in der Lage sein würde, den Mörder zu identifizieren.

Es mußte einen kürzeren Weg zu dieser Information geben, und vielleicht würde ich ihn finden, wenn ich mich an den Kurs hielt, den ich vor dem Brand für mich abgesteckt hatte. Im Zusammenhang mit dieser Geschichte war ich immer wieder auf Ben Harmon gestoßen; ich wollte mich endlich einmal mit dem Mann unterhalten.

14

»Ben Harmon – Kautionen – rund um die Uhr zu Ihren Diensten‹.«

Das Schild hing in der Bryant Street, in der miesen Gegend um den Justizpalast herum gelegen. Das Haus, in dem sich Harmons Geschäft befand, war hell erleuchtet, eine Neonoase in der Finsternis. Ich parkte direkt vor dem Eingang, da ich wenig Lust hatte, mich länger als unbedingt nötig auf diesen unfreundlichen Straßen aufzuhalten.

Das Vorzimmer war winzig und mit schäbigem Plastikmobiliar vollgestopft. Ein schlanker, dunkelhaariger junger Mann stand neben dem Empfangstisch. Er trug einen schwarzen Anzug aus einem glänzenden Material und rauchte eine dünne Zigarre. Er musterte mich mit verächtlich gekräuselten Lippen.

»Was kann ich für Sie tun?« Er sprach mit einem starken spanischen Akzent.

Ich gab ihm meine Karte und fragte, ob Harmon zu sprechen sei. Er warf einen Blick auf die Karte, zog geringschätzig eine Braue hoch und ging ohne ein Wort hinaus. Es hätte mich interessiert, ob er jeden, der hierherkam, so behandelte. Wenn ja, konnte Harmon keine guten Geschäfte machen. Aber vielleicht rechnete man mit einer solchen Behandlung, wenn man genötigt war, sich eine Kaution zu kaufen.

Ich brauchte nicht lange zu warten. Nach ungefähr zwei Minuten kam Harmon aus einem schmalen Schlauch von Korridor auf der linken Seite. Er trug wieder so einen modisch geschnittenen Anzug, diesmal in Blau, und sah so frisch aus wie am frühen Morgen. Obwohl er mir durchaus freundlich die Hand bot, entging mir die ungeduldige Gereiztheit in seinen Augen nicht.

»Miss McCone, was kann ich für Sie tun?«

»Ich arbeite in der Sache Albritton mit der Polizei zusammen«, schwindelte ich, »und wollte Ihnen gern ein paar

Fragen stellen, die sich seit unserer Begegnung gestern abend ergeben haben.«
»Sie arbeiten aber zu merkwürdigen Zeiten.« Er sah auf seine Uhr.
»Sie auch.«
»In meinem Gewerbe ist das etwas anderes.«
»Wie in meinem«, entgegnete ich lächelnd. »Häufig stehen die Leute, mit denen ich sprechen muß, nur abends zur Verfügung.«
Harmon seufzte resigniert. »Gut, gehen wir nach hinten in mein Büro.« Er wies zum Korridor.
Ich wollte ihm folgen, zögerte jedoch, als ich den dunklen jungen Mann aus einer Tür zur Rechten treten sah. Er nickte und bedeutete mir weiterzugehen. Auf dem Weg durch den Gang sah ich mir die gerahmten Zeitungsausschnitte an den Wänden an. Harmon war offenbar stolz darauf, daß die Leute seine unverschämten Preise bezahlten. Wohl nach dem Motto, daß die Habgier genauso unparteiisch ist wie die Gerechtigkeit.
Alle drei traten wir in das Zimmer am Ende des Korridors. Der dunkle Typ schloß die Tür und lehnte sich wie ein Wachposten neben ihr an die Wand. Durch den Zigarrenrauch hindurch roch ich sein süßliches Rasierwasser.
Ich sah Harmon fragend an.
»An Frankie sollten Sie sich nicht stören«, sagte er. »Er ist mein Leibwächter. Er begleitet mich überallhin und tut alles, was ich ihm sage.«
Ich verstand den Wink mit dem Zaunpfahl.
Harmon wies auf einen Ledersessel, und ich setzte mich.
»Möchten Sie etwas trinken, Miss McCone? Ich kann Ihnen heute etwas Besseres anbieten als den billigen Gin, den es bei Charlie gab.«
»Ach ja, ich hätte ganz gern einen Drink.«
»Bourbon?«

»Gut. Danke.«
Harmon ging zu einem kleinen Holzfaß, das in Schulterhöhe aus der Wand herausragte, öffnete seine Front, und zum Vorschein kam alles, was man für eine Cocktail-Party braucht.
»Praktisch, was?« meinte er, ganz der joviale Gastgeber, während er den Whisky eingoß, mir dann mein Glas reichte und sich an seinen breiten Schreibtisch setzte. »Apropos trinken«, fügte er hinzu. »Wie geht es unserem Freund Cornish?«
»Er scheint sich wieder ganz erholt zu haben. Zuletzt habe ich ihn bei dem Brand in der Salem Street vor einer halben Stunde gesehen. Austin Bigbys Laden hat's erwischt. Total ausgebrannt.«
Harmon trank von seinem Bourbon und sah mich dann an. »Brandstiftung?«
»Möglicherweise. Es gab eine Art Explosion.«
»Der arme Bigby. Tja, die Leute da drüben haben allerhand Kummer.« Harmon wirkte ehrlich betroffen. »Erst die Anschläge, dann der Mord an Joan. Ihren Tod wird Charlie wohl nie verwinden.«
»Ich dachte, die Beziehung zwischen den beiden wäre abgekühlt. Charlie scheint Sie als Rivalen gesehen zu haben.«
»Ach Gott.« Er seufzte. »Joan und ich waren oberflächlich befreundet, und das weiß er ganz genau. Ich verstehe wirklich nicht, was Joan in ihm sah, aber ich glaube, niemand hätte Charlie aus ihrem Herzen verdrängen können. Sie hatte eine Schwäche für herrenlose Hunde und nahm ihn gewissermaßen unter ihre Fittiche, als er in der Salem Street auftauchte. Das war vor über zwanzig Jahren, gleich nach ihrer Scheidung.«
»Woher kam Charlie eigentlich?«
Ich hatte mir vorgenommen, Charlie, der mich scheinbar so unverfroren belogen hatte, etwas näher unter die Lupe zu nehmen.

»Wer weiß das schon?« Harmon breitete die Hände aus. »Sein Geschäft fing er als Müllsammler an; Sie kennen ja diese Leute, die nachts die Mülltonnen durchwühlen.«
Ja, die kannte ich. In unserem Viertel gab es diese Typen auch, und ich wachte nachts oft auf vom Poltern ihrer Karren in den Hinterhöfen.
»Ein ziemlich unappetitlicher Start«, bemerkte ich.
Harmon nickte. »Man könnte sagen, daß Charlie eine unbezähmbare Leidenschaft für Gerümpel hat. Als sein Zimmer sich mit dem Kram füllte, den er nachts aus den Tonnen gewühlt hatte, mietete er den Laden in der Salem Street und verkaufte das ganze Zeug. Ich glaube nicht, daß er erwartete, damit Geld zu machen, aber schon ziemlich bald konnte er das Haus kaufen, in dem sein Laden war, und die Straße wurde ihm zum festen Zuhause.«
Und woher hatte er das Geld bekommen, um den Laden überhaupt zu mieten? fragte ich mich.
Laut sagte ich: »Sosehr mich Charlie Cornish interessiert, seinetwegen bin ich nicht gekommen. Ich würde von Ihnen gern wissen, wann Sie Ihre Vereinbarung mit Joan getroffen haben, nach der Sie die Grundstücke in der Salem Street erwerben und dort Eigentumswohnungen bauen können.«
Harmon fuhr auf. »Woher wissen Sie davon?«
»So was spricht sich rum. Wie lange vor ihrem Tod haben Sie die Vereinbarung geschlossen?«
Er musterte mich mißtrauisch. »Es geht Sie zwar nichts an, aber wir vereinbarten das vor mehr als einem Monat – lange bevor sie starb.«
»Und als Gegenleistung sollten Sie ihr einen Ladenraum zu reduzierter Miete zur Verfügung stellen?«
Er runzelte unwillig die Stirn.
»Sie scheinen genauestens informiert zu sein. Joan hätte es sich sonst nicht leisten können, einen anderen Laden zu nehmen.«

Mir fiel Hanks Bemerkung über Joans Nachlaß ein – stattlich.
»Und für wie lange?«
»Was meinen Sie?«
»Wie lange hätte die reduzierte Miete gegolten?«
»Oh.« Er wedelte lässig mit der Hand. »Bis sie wieder Boden unter den Füßen gehabt hätte.«
Ich beobachtete ihn ein paar Sekunden stumm, dann fragte ich: »Gab es für Joan – wenn Sie wirklich so knapp bei Kasse war – einen Grund, an Sie zu verkaufen, obwohl sie doch von der Firma Ingalls einen wesentlich höheren Preis bekommen hätte?«
»Wer hat Ihnen das denn erzählt?«
»Ich habe Mrs. Ingalls gestern getroffen.« Wenn auch nur aus der Ferne, fügte ich für mich hinzu.
Harmon sagte eine Weile nichts, starrte nur schweigend in sein Glas. Der Leibwächter hinter mir trat von einem Fuß auf den anderen.
»Nun«, erklärte Harmon schließlich mit einem künstlichen Grinsen, »Sie dürfen nicht vergessen, daß Joan und ich ausgesprochen gute Freunde waren.«
Hank hatte Harmon richtig charakterisiert; er war nicht besonders klug.
»Eben sagten Sie, Joan und Sie wären nur oberflächlich befreundet gewesen. Was trifft nun zu?«
Er war wütend, als er merkte, daß er sich selbst widersprochen hatte. »Ich häng doch meine Beziehungen nicht an die große Glocke«, fuhr er mich an. »Ich bin verheiratet.«
Ein Lächeln unterdrückend, nickte ich ernsthaft.
»Natürlich, ich verstehe.«
»Außerdem«, fügte Harmon hinzu, »war Joan keine sehr gute Geschäftsfrau. Sie war – äh – recht labil, wissen Sie.«
Wie hatte sie dann ihr stattliches Vermögen angehäuft?
»Das habe ich auch von anderen schon gehört. Oliver van Osten erzählte mir von ihrer Gewohnheit, sich mit dieser Schaufensterpuppe namens Edwin zu unterhalten. Er hielt

das für einen Beweis dafür, daß der Tod ihres Enkels sich auf ihre geistige Gesundheit ausgewirkt hatte.«
»Van Osten sagte, sie wäre verrückt gewesen?«
»Grob gesagt, ja.«
»Du lieber Himmel.« Harmon schwieg.
»Kennen Sie van Osten gut?« fragte ich.
Er sah auf, Verwirrung zeigte sich in seinen Augen.
»Van Osten? Nein, nicht gut. Ich meine, ich habe von ihm gehört, das ist aber auch alles. Worauf zum Teufel wollen Sie eigentlich hinaus?«
»Ich will auf gar nichts hinaus, Mr. Harmon. Ich sammle Informationen, die mir helfen sollen, Joans Mörder zu finden.«
»Und wieso glauben Sie, daß ich solche Informationen besitze?«
»Ich habe meine Gründe.«
Hinter mir nahm ich eine rasche Bewegung wahr. Ich drehte den Kopf. Das dunkle Gesicht des Leibwächters war dem meinen ganz nahe. Sein Atem roch widerlich, und die glitzernden schwarzen Augen waren feindselig.
»Ruhig, Frankie«, sagte Harmon und fügte an mich gerichtet hinzu: »Frankie sieht es nicht gern, wenn ich mich aufrege.«
Für mich hatte er einfach zu viele Gangsterfilme gesehen. Ich nahm das Stichwort auf: »Warum regen Sie sich denn auf?«
»Ich laß mich nicht gern von kleinen Mädchen löchern, die Detektiv spielen.« Er stand auf.
Harmon verschwieg mir etwas, das war offensichtlich. Ich riskierte es und blieb einfach sitzen.
»Ich spiele nicht, Mr. Harmon. Das ist, wie man so schön sagt, das wirkliche Leben. Was haben Sie heute abend drüben bei Bigbys Laden zu tun gehabt?«
»Ich war nicht mal in der Nähe von Bigbys Laden.«
»Oder in Joans Laden an dem Abend, als sie ermordet wurde.«

Der Leibwächter hinter mir fauchte vor Wut. Hätte ich nicht solche Angst gehabt, wäre es lächerlich gewesen.
»Was reden Sie da?« fragte Harmon wütend. »Ich hatte sie seit Tagen nicht gesehen.«
»Dann macht es Ihnen sicher nichts aus, mir zu sagen, wo Sie sich zur Mordzeit befanden.«
»Ich brauche Ihnen gar nichts zu sagen.«
Da hatte er recht. Ich hatte es nicht anders erwartet. Aber sein Verhalten sagte mir eine Menge. Sein Gesicht war krebsrot. Er kam um den Schreibtisch herum auf mich zu. Ich spürte, wie der Leibwächter gegen meine Sessellehne drückte.
»Jetzt hören Sie mal her, Sie wichtigtuerisches kleines Luder«, sagte Harmon mit leiser, bebender Stimme. Seine Hände waren zu Fäusten geballt. »Ich habe die Nase voll von Ihren Unverschämtheiten.«
Ich hielt alle Furcht aus meiner Stimme heraus und fragte: »Wollen Sie die Polizei auch beschimpfen, wenn sie mit den gleichen Fragen zu Ihnen kommt?«
Direkt vor mir blieb er stehen.
»Seien Sie doch nicht albern«, knirschte er. »Glauben Sie wirklich, ich hätte Ihre Behauptung geschluckt, daß Sie mit der Polizei zusammenarbeiten? Greg Marcus hat mir selbst gesagt, daß er Ihnen nur Ihren Willen läßt. Wenn er von dieser Geschichte hier hört, können Sie von Glück reden, wenn Sie nicht im Gefängnis landen.«
Ich war überzeugt, daß Harmon mir meine Behauptung anfangs geglaubt hatte, sonst hätte er überhaupt nicht mit mir gesprochen; doch seine Bemerkung über Marcus machte mich unsicher. Was konnte zwischen den beiden für eine Verbindung bestehen? War Marcus etwa ein korrupter Polizeibeamter?
Harmon wandte sich mit einer ungeduldigen Bewegung an Frankie.
»Schaff sie hier raus.«
Der dunkle Typ riß mich aus dem Sessel, zerrte mich durch

die Tür und den Korridor ins Vorzimmer. Ich leistete keinen Widerstand. Ich wollte nur unbeschadet davonkommen.
An der Tür hielt Frankie mich weiterhin fest und drückte mich schmerzhaft gegen den Türpfosten. Die widerlichen Gerüche seines Atems und seines Rasierwassers wehten mir direkt ins Gesicht, und ich versuchte, mich durch die Tür hinauszuzwängen. Einen Moment lang überlegte ich, ob er der Eindringling sein könne, mit dem ich in der vergangenen Nacht zusammengestoßen war. Nein, sagte ich mir, der Typ hier war zu schlank und zu übelriechend.
»Ich möchte Sie warnen, Miss McCone«, sagte Frankie mit angewidert geblähten Nasenflügeln. »Wenn eine junge Person wie Sie unverschämte Fragen stellt, kann alles mögliche passieren. Das wollen Sie doch nicht. *Comprende?*« Er sah mich an, als wolle er mir gleich ins Gesicht spucken.
Ich riß mich von ihm los. »*Gracias*, Frankie. *Comprendo.*«
Ich rannte durch die Tür hinaus zu meinem Wagen. Mir war nicht gut. Frankies Drohung hatte mich nicht besonders beeindruckt, aber von der Berührung seines Körpers war mir fast speiübel geworden. Trotzdem mußte ich hierbleiben und abwarten, was Harmon jetzt tun würde. Ich war erstaunt, wie sehr das Gespräch mit mir Harmon aus der Fassung gebracht hatte; da war es durchaus möglich, daß er den Kopf verlor und etwas Verräterisches tat. Und wenn das geschehen sollte, wollte ich zur Stelle sein.

15

Ich fuhr bis zur nächsten Ecke. Dort konnte ich sowohl Harmons Geschäftsräume als auch die Ausfahrt aus der Einbahngasse hinter dem Haus im Auge behalten. Sollte er auf einem dieser Wege verschwinden wollen, so konnte er mir nicht entkommen.
Ungefähr zehn Minuten später kam Harmon auf die Straße heraus. Er trug einen Regenmantel. Einen kurzen Moment

blieb er stehen und sah sich um, dann ging er zu einem goldfarbenen Lincoln Continental am Bordstein und sperrte auf.

Ich verkroch mich tiefer in meinem Sitz und beobachtete ihn durch den Seitenspiegel. Sobald er an mir vorbeigefahren war, ließ ich den Motor an und folgte ihm.

Harmon führte mich die Geary Street hinaus, in Richtung zum Sunset District. Vielleicht fuhr er nach Hause. Es war leicht, den Lincoln im Auge zu behalten, und der Verkehr war nicht dicht. Ich blieb ein paar Wagenlängen hinter ihm auf der übernächsten Spur. Weiter ging es die Geary Street hinaus, am Park Presidio vorbei. Ich wußte jetzt, daß Harmon nicht nach Hause wollte; dazu hätte er den Park durchqueren müssen.

Auf der Höhe der Forty-third Avenue gabelte sich die Straße, und der rechte Zweig wurde die Point Lobos Avenue. In diese Straße bog der Lincoln ein, folgte ihr in Richtung zum Meer. Ich blieb dran, bremste ab, als der Wagen vor mir in die letzte Straße vor dem großen Parkplatz mit Blick auf das Meer einbog. Durch den dicken Nebel, der alles einhüllte, sah ich die Bremslichter des Lincoln, als er am Bordstein anhielt.

Harmon stieg aus dem Auto und ging auf ein zweistöckiges Gebäude an der Ecke zu. Ich wartete drei Minuten, dann stieg ich ebenfalls aus und ging den Bürgersteig hinunter. Der Nebel, der mich in Schwaden umwogte, bot gute Dekkung. Ich konnte die Häuser, die die Straße säumten, kaum erkennen und hatte so ein traumhaftes Gefühl, als würde ich jeden Moment vor einem Abgrund stehen.

Der moderne Neubau glich zwei hochkant gestellten Schuhkartons. Zu den Erdgeschoßwohnungen gehörten eingezäunte kleine Gärtchen, die oberen Wohnungen hatten abgeschlossene Balkons. Alle Fenster außer einem im obersten Stock waren dunkel.

Dafür waren die Briefkästen am Eingang erleuchtet. Ich ging hin und sah sie mir an. Es waren sechs, und neben jedem war

ein Klingelknopf. Eine Sprechanlage war auch da. Auf fünf der Briefkästen standen Namen, die ich nicht kannte; der Name auf dem sechsten jedoch interessierte mich sehr.
Oliver van Osten.
Den Harmon angeblich nur vom Hörensagen kannte.
Van Ostens Wohnung hatte die Nummer fünf. Meiner Überlegung zufolge mußte das die Wohnung im oberen Stock sein, wo Licht brannte. Ich schlich mich wieder davon und ging hinüber zu einem Wäldchen zwischen der Straße und dem Parkplatz. Von dort konnte ich die Wohnung unbemerkt beobachten.
Der Nebel verschleierte den Blick auf das Fenster; es wirkte wie eine erleuchtete Leinwand, auf der kein Film lief. Ich stand fröstelnd im feuchten Gebüsch und wünschte, ich hätte eine dickere Jacke an.
Etwa eine Minute verging, dann zeigte sich am Fenster die Silhouette einer untersetzten Gestalt. Van Osten. War er es wirklich? Ich hatte diese Gestalt schon einmal gesehen.
Sie verschwand, erschien wieder, ging hin und her. Eine zweite Gestalt gesellte sich zu ihr, groß, leicht vornübergeneigt. Ben Harmon hatte etwa diese Größe und diese Haltung. Die Gestalt wedelte in erregter Gebärde mit den Armen und verschwand wieder. Der untersetzte Schatten folgte.
»Unglaublich«, flüsterte ich vor mich hin. Kein Wunder, daß die untersetzte Gestalt mir vertraut schien. Als ich diese Silhouette das letztemal gesehen hatte, war sie allerdings gerannt, nicht ruhig hin und her gegangen. Sie war die Salem Street entlang gerannt, weg von den eingeschlagenen Fenstern von Charlies Laden. Ich war überzeugt, daß ich recht hatte.
Dennoch glaubte ich nicht daran, daß van Osten derjenige war, der die ursprünglichen Anschläge inszenierte; das paßte einfach nicht. Aber wenn nicht, wieso demolierte er dann jetzt Charlies Schaufenster mit Ziegelsteinen? Es konnte nur so sein, daß er etwas aus Joans Laden haben wollte –

und zwar unbedingt; etwas, das ihm so wichtig war, daß er darum sogar Austins Laden in Brand gesteckt hatte.
Ich beobachtete angespannt das kleine Schattenspiel auf der anderen Straßenseite. Ich war so gefesselt, daß ich mich nicht schnell genug umdrehte, als hinter mir im Gebüsch ein Ast knackte.
Der Arm, der sich um meinen Hals schlang, war mager, aber sehr kräftig. Ich torkelte nach rückwärts gegen einen drahtigen Körper, mein Aufschrei wurde sofort erstickt. Gleichzeitig roch ich aufdringliches Rasierwasser und Zigarrenrauch.
Heißer Atem strich über mein Ohr, und Harmons spanischer Leibwächter sagte spöttisch: »So, so, die kleine Detektivin hält nichts von meinen Warnungen. Sie haben sich wohl für unheimlich clever gehalten, als Sie Mr. Harmon hinterherfuhren, wie? Pech gehabt. Ich bin hinter Ihnen hergefahren, Süße.«
Ich wehrte mich, aber er packte mich nur fester.
»*Pobrecita*«, sagte er mit einem leisen Lachen. »Es ist sinnlos, sich zu wehren. Wir gehen jetzt brav zu Mr. Harmon und Mr. van Osten, und dann werden Sie schon sehen, was mit Typen geschieht, die ihre Nase in anderer Leute Angelegenheiten stecken.«
Er zerrte mich zur Straße.
Ich schüttelte meine Angst ab und versuchte, mir die Griffe zu vergegenwärtigen, die ich im Selbstverteidigungskurs geübt hatte. Ich stemmte die Absätze in den Boden und leistete mit aller Kraft Widerstand. Ich mußte ihn zum Stehen bringen, ehe er mich ins Haus schleppte.
Kurz vor dem Bordstein machte er keuchend halt. Er war nicht gerade ein Bulle von Mann, und ich war Last genug, ihn zu ermüden. Ich nutzte die Pause zum Gegenangriff. Ich wickelte mein rechtes Bein blitzartig um das seine, schlug einmal kräftig mit der Hüfte aus und kippte den Oberkörper mit einem Ruck nach vorn. Er verlor den Bo-

den unter den Füßen, überschlug sich und landete rücklings auf dem Boden, wo er schwer atmend liegen blieb.
Völlig verdattert, daß das tatsächlich geklappt hatte, sah ich auf ihn hinunter. Dann rannte ich ins Gebüsch zurück. Ich hörte ihn nach Luft schnappen. Ich hatte ihn nur für kurze Zeit außer Gefecht gesetzt.
Stolpernd und rutschend stürzte ich durch das Wäldchen und schlitterte den Hang zum Parkplatz hinunter. Hinter mir hörte ich schnelle Schritte.
Am Rand des Parkplatzes standen mehrere Autos, dicht von Nebel umhüllt. Vom Meer kam das Dröhnen von Nebelhörnern, während ich über den Platz raste zu dem Fußweg neben dem Highway. Knirschende Schritte auf dem Kies hinter mir.
Blindlings hetzte ich den Gehweg entlang. Ich wußte, daß das Cliff House, ein Restaurant über dem Meer, nicht weit war. Die Schritte knallten jetzt hinter mir aufs Pflaster und schienen näher zu kommen.
Aus dem dicken Nebel tauchten zwei dunkle schemenhafte Gestalten auf. Ich konnte nicht ausweichen und prallte direkt mit ihnen zusammen, schrie auf vor Schreck.
»He, was soll das?« fragte ein Mann wütend.
Ich sprang zur Seite und rannte weiter.
»He, verdammt noch mal.« Sekunden später dieselbe Stimme. »Einmal reicht.«
Mein Verfolger hatte offenbar auch auf Kollisionskurs gesteuert.
Die Lichter des Cliff House waren jetzt vor mir. Ich stürzte ihnen entgegen und stürmte keuchend durch die Tür. Ich war nicht sicher, ob Frankie mir noch folgte.
Vor mir sah ich die Treppe zum Speisesaal und zur oberen Bar. Ich hätte mich gern in die Damentoilette gerettet, aber die befand sich im Erdgeschoß und hätte mir so zur Falle werden können. Langsam, mit zitternden Knien stieg ich die Treppe hinauf. In der Bar war es voll und

hell, sie schien mir wie ein freundlicher Hafen. Ich blieb an der Tür stehen und sah mich nach einem Platz um.
An einem Tisch am Fenster saß eine Gruppe von Leuten in Jeans und Anoraks. Während ich noch suchend an der Tür stand, entdeckte mich eine Frau aus dem Kreis und winkte mir zu.
»He, Sharon! Komm doch rüber.«
Es war meine Freundin Paula Mercer. Sie hatte Kunstgeschichte studiert und arbeitete jetzt im de Young Museum.
Tief erleichtert ging ich hinüber zu ihrem Tisch, Paula stellte mich ihren Freunden vor, man rückte zusammen, und schon saß ich mitten unter ihnen. Während einer der Männer ein Glas Wein für mich bestellte, sah ich zur Tür hinüber.
Dort stand Frankie. Sein glänzender Anzug war zerknautscht, die Krawatte saß schief. Sein Blick wanderte durch den Raum und saugte sich an mir fest. Mir wurde eiskalt vor Angst.
»Sharon?« Paula war besorgt. »Was ist denn?«
Ich riß meinen Blick von Frankie los. »Wie?«
»Ich habe gefragt, was los ist? Du bist plötzlich kreidebleich geworden.«
Die Kellnerin stellte mir ein Glas Chablis hin, ich nahm es und trank einen kräftigen Schluck.
»Es wird schon werden«, sagte ich. »Ich sitze nur ein bißchen in der Klemme.«
»Ich dachte mir doch gleich, du siehst komisch aus, als du reinkamst«, sagte Paula. »Ist es ein Fall?«
Ich nickte. »Ich weiß nicht, was ich getan hätte, wenn ihr nicht hier gewesen wärt. Hilfst du mir?«
»Natürlich.«
»Dann laß mich nicht allein. Keine Sekunde. Und wenn wir gehen, dann fahr mich bitte zu meinem Auto. Es steht in der Point Lobos Street.«
Paula runzelte die Stirn.

»In Ordnung. Aber solltest du nicht die Polizei alarmieren, wenn dich jemand ernsthaft bedroht oder dir jemand ans Leben will?«
Ich warf einen Blick zur Tür. Frankie war verschwunden.
»Nein, so ist das nicht«, erklärte ich. »Mach dir keine Sorgen.« Dank dem Wein ging es mir schon etwas besser.
»Hör zu, Paula«, fuhr ich fort, als mir einfiel, daß meine Freundin mir auch in anderer Weise helfen konnte. »Ich will jetzt nicht näher darauf eingehen, aber im Rahmen des Falles, den ich bearbeite, muß ich auch eine Warenbestandsaufnahme verschiedener Kunstgegenstände machen.«
»Ausgerechnet du?« Paula schlug sich mit der Hand vor die Stirn. »Gott helfe dem armen Menschen, der auf deine Bestandsaufnahme angewiesen ist.«
Ich lachte. Paulas gutmütiger Spott und das Geplauder der Gruppe trugen dazu bei, mir mein Gefühl für die Wirklichkeit wiederzugeben.
»Darunter befinden sich jedenfalls ein paar Gemälde, wahrscheinlich von hiesigen Künstlern, die ich nicht taxieren kann. Meinst du, du könntest sie dir mal ansehen, wenn ich sie morgen ins de Young Museum rüberbringe?«
Sie nickte. »Ich muß eine große Geschichte zusammenstellen, aber gegen zwei bin ich sicher fertig. Komm doch dann.«
Ich sagte zu, und wir wandten unsere Aufmerksamkeit wieder den anderen am Tisch zu.
Es war nach ein Uhr morgens, als wir gingen, eine große, leicht beschwipste Gruppe, der perfekte Schutz für mich. Paula fuhr mich zu meinem Wagen und wartete, während ich den MG ausprobierte, um mich zu vergewissern, daß Frankie ihn nicht irgendwie fahruntüchtig gemacht hatte. Es wunderte mich, aber der Wagen war in Ordnung. Dennoch erwartete ich Scherereien und fuhr deshalb, als ich zu Hause ankam, erst ein paarmal um den Block, ehe ich so dicht wie möglich an meinem Haus parkte und dann mit dem Karton mit den Gemälden und Joans Büchern unter dem Arm ins

Haus rannte. Auch in der Wohnung schien alles in Ordnung zu sein. Frankie hatte offenbar aufgegeben, ganz gleich, aus welchen Gründen.
Hundemüde hockte ich mich im Schneidersitz aufs Bett und rief meinen Auftragsdienst an, um mich nach entgegengenommenen Anrufen zu erkundigen.
»War viel los heute abend«, berichtete mir Claudia, die Telefonistin. »Um zehn und dann noch mal um elf hat Hank Zahn angerufen. Hat aber keine Nachricht hinterlassen. Um Viertel nach zehn rief Ihre Mutter aus San Diego an und beschwerte sich wie immer, daß Sie nicht zu Hause sind. Dann hat zweimal eine Mrs. Cara Ingalls angerufen. Sie bittet Sie, sie morgen in ihrem Büro anzurufen. Und um zehn Uhr dreiundzwanzig hat ein Gregory Marcus angerufen und eine Nummer hinterlassen. Er sagte, es wäre wichtig. Um elf hat er eine neue Nummer durchgegeben und um Viertel nach zwölf hat er noch einmal angerufen und so geredet, als hätte er mich in Verdacht, daß ich Ihnen die hinterlassenen Nachrichten nicht weitergebe.«
Claudia war in ihrem Berufsstolz verletzt.
»Lassen Sie sich von dem nicht aus der Ruhe bringen«, tröstete ich sie.
»Was ist das eigentlich für einer?« fragte sie. »Der hat so eine irre Stimme, arrogant und sexy zugleich.«
»Arrogant ist er, aber sexy – nicht die Spur«, sagte ich gähnend. »Würden Sie mir einen Gefallen tun?«
Ben Harmons Anspielung auf Marcus hatte mich argwöhnisch gemacht.
»Klar.«
»Wenn Marcus wieder anrufen sollte, dann sagen Sie ihm, daß Sie noch nicht mit mir gesprochen haben.«
Es war sonst nicht meine Art, andere für mich lügen zu lassen, aber Claudia hatte mir schon vor langer Zeit ihre beruflichen Prinzipien erläutert. Sie waren sehr kompliziert und beruhten auf Vertrauenskonzepten, die selbst den rechtlich versierten Hank erstaunt hätten.

»Gut. Und was ist mit Ihrer Mutter?«
»Die ruf ich morgen an. Wahrscheinlich haben sie mal wieder einen meiner Brüder mit Hasch erwischt, oder eine meiner Schwestern ist schwanger. Kleine Fische.«
Ich schrieb mir die Nummer auf, die Cara Ingalls hinterlassen hatte, sagte Claudia gute Nacht und legte auf.
Cara Ingalls. Ich hatte sie vorübergehend ganz vergessen gehabt. Die Nachricht auf meiner Karte hatte sie offenbar doch so sehr interessiert, daß sie zweimal versuchte, mich zu erreichen. Ein Gespräch mit ihr würde mir vielleicht fehlende Teile für mein Puzzle liefern – oder das Bild ganz verändern.
Und Charlie Cornish. Morgen würde ich ihn ausquetschen wie eine Zitrone, bis er mir die Wahrheit über sich erzählte. Vielleicht konnte er mir auch etwas über die Verbindung van Osten und Harmon sagen.
Ich zog mich gleich auf dem Bett sitzend aus und kroch schleunigst unter die Decke. Ein Rest der Angst, die mich getrieben hatte, als ich durch den Nebel gelaufen war, bedrängte mich immer noch, kämpfte gegen die Erschöpfung. Aber Minuten später hatte die Erschöpfung gesiegt.

16

Um acht wachte ich auf. Ich sah gleich, daß es ein wunderschöner Tag werden würde. Ein Gewitter vor Morgengrauen hatte die Luft gereinigt, und der Morgensonnenschein lockte die Kinder noch vor der Schule in den Hof, wo sie mit ihren Skateboards herumsausten.
Ich sah ihnen zu, froh, daß ich diesen Morgen unbeschwert genießen konnte. Dann setzte ich mich mit einer Tasse Kaffee und Joans Büchern aufs Bett. Ich wollte die Bestandsaufnahme abschließen, ehe ich Cara Ingalls anrief.
Hank hatte es richtig gesehen – für eine erfolgreiche Geschäftsfrau bot Joan eine auffallend nachlässige Buchfüh-

rung. Innerhalb einer Stunde fand ich den Preis für die Messer mit dem Beingriff. Den Wert für Edwin setzte ich einfach auf runde hundert Dollar fest – reiner Liebhaberwert. Die fünf Gemälde – zwei Stilleben, die Madonna, ein Seestück und eine Stadtszene – blieben offene Fragen, bei deren Beantwortung mir Paula Mercer hoffentlich helfen würde, wenn ich sie am Nachmittag traf.
Abgesehen davon blieben nur noch zwei Punkte ungeklärt. Es handelte sich um zwei Warenlieferungen, die Joan bei van Osten bestellt und im voraus bezahlt hatte. Die beiden letzten Eintragungen ließen darauf schließen, daß eine, die aber offenbar noch nicht eingegangen war, am vergangenen Montag fällig gewesen wäre; die andere sollte morgen, Freitag, geliefert werden. Ich schrieb mir die Bestellnummern auf. Wenn Hank es für wichtig hielt, konnte er van Osten danach fragen. Vorausgesetzt, van Osten saß bis dahin nicht wegen böswilliger Sachbeschädigung – oder Schlimmerem. Hing alles vom Ausgang meiner für diesen Tag geplanten Aktivitäten ab.
Um neun rief ich die Nummer an, die Cara Ingalls hinterlassen hatte. Die Zentrale verband mich mit einer Sekretärin, die sich meinen Namen geben und mich dann warten ließ. Fünf Minuten später hörte ich Cara Ingalls' rauchige Stimme. Ich schlug ihr ein Zusammentreffen im Lauf des Tages vor.
»Heute? Tut mir leid, das geht nicht. Ich bin völlig ausgebucht.«
»Aber fünfzehn Minuten werden Sie doch haben. Ich kann in einer halben Stunde bei Ihnen sein.«
»Läßt sich das nicht telefonisch besprechen?«
»Ich glaube nicht, daß es Ihnen recht wäre.«
Schweigen. Dann: »Ich wollte heute eigentlich die Mittagspause ausfallen lassen, aber eine halbe Stunde kann ich sicher weg. Können Sie mich um ein Uhr treffen?«
Ich bejahte, und sie nannte ein Restaurant in der Battery Street.

»Ich warte draußen auf Sie«, sagte sie. »Wie erkenne ich Sie?«
»Keine Sorge, ich kenne Sie.« Damit legte ich rasch auf.
Ich hatte viel Zeit, also zog ich mich erst einmal in aller Ruhe an, machte ein bißchen sauber, trug den Müll hinunter. Unten am Container stieß ich auf Tim Riley, den Hausmeister, einen beleibten Iren, der schon zum Frühstück sein Bierchen trank.
»Ah, Sie sind da«, bemerkte er überrascht, als ich meinen Müll ausleerte.
»Ja natürlich. Dachten Sie, ich wäre weg?«
»Ja, weil Sie nicht aufgemacht haben.« Ein schlaues Grinsen huschte über Rileys Gesicht. »Ah, ich verstehe. Sie gehen ihm aus dem Weg.«
Ich konnte mich nicht erinnern, daß jemand an meiner Tür gewesen war.
»Wem gehe ich aus dem Weg?«
»Na, dem Mexikaner, der vorhin bei Ihnen an der Tür war.«
»Wie sah er aus?« fragte ich scharf, und Tim sah mich erstaunt an.
»Wie ein Mexikaner eben. Schmal. Dunkel. Rauchte 'ne Zigarre. Und hatte einen Gang, als hätte er Rückenschmerzen.«
Obwohl schon von morgens an vom Alkohol benebelt, war Tim ein guter Beobachter. Es gab natürlich eine Menge Chicanos im Viertel; es hätte irgendeiner sein können, der mir vielleicht eine Lebensversicherung oder etwas Ähnliches andrehen wollte. Aber Frankie hatte ich am vergangenen Abend buchstäblich aufs Kreuz gelegt.
»Haben Sie mit ihm gesprochen?«
»Klar. Erst dachte ich, er wollte durch das Glas in der Tür schauen. Das versuchen manche Leute, wissen Sie. Daraufhin habe ich ihn gefragt, was er will, und er sagte, Sie wären wohl nicht zu Hause. Ein bißchen später kam ich dann hier runter und sah ihn im Hof rumschleichen und zu Ihren

Fenstern raufschauen. Da habe ich ihm gesagt, er soll sich verziehen, und das tat er dann auch.«

Ich war sicher, daß der Mann Frankie gewesen war, und es war mir höchst unsympathisch, ihn in meinem heimischen Revier zu wissen.

»Danke, daß Sie ihn weggeschickt haben, Tim. Sagen Sie mir Bescheid, wenn Sie ihn wiedersehen, ja?«

»Klarer Fall«, sagte Tim. »Bei Ihrem Beruf muß man wahrscheinlich immer mal mit solchen Widerlingen rechnen.« Er nahm seine Bierdose und schlurfte ins Haus.

In meinem eigenen Haus am hellichten Tag, sagte ich mir, konnte Frankie mir nichts anhaben. Dennoch holte ich oben meine 38er Special aus dem verschlossenen Fach im Kleiderschrank heraus, lud sie und steckte sie in ein Innenfach meiner Handtasche, wo ich sie, wenn es sein mußte, leicht erreichen konnte. Dann rief ich meinen Freund Bob vom *Wall Street Journal* an.

Bob meldete sich sehr förmlich und zugeknöpft, wie es sich für einen Journalisten dieser ehrwürdigen Zeitung gehörte. Aber als ich meinen Namen nannte, legte er alle Zugeknöpftheit gleich ab. Ohne Wissen der Redaktion vom *Journal* schrieb Bob nebenbei blutrünstige wahre Kriminalgeschichten, und ich hatte ihn ein paar Jahre zuvor kennengelernt, als er in einem Fall recherchierte, mit dem ich am Rande zu tun gehabt hatte.

»Was kannst du mir über eine Mrs. Cara Ingalls, ihres Zeichens Immobilienhändlerin, erzählen?« fragte ich ihn.

»Sie macht ein Schweinegeld und hat ein Faible für verrückte Hüte«, antwortete er. »Nein, im Ernst, soll ich ihre Biographie nachschlagen?«

»Wenn's dir nichts ausmacht.«

Ein paar Minuten später meldete sich Bob wieder.

»Ich kann dir nur einen skizzenhaften Überblick geben, und ich kenne die Dame nicht persönlich, aber mehr haben wir leider nicht. Geboren in San José. Sechsunddreißig Jahre alt. Drei Jahre Studium an der State University in San José,

Architektur. Verdiente sich Studium und Lebensunterhalt mit dem Verkauf von Häusern – das war damals der große Boom da unten. Sie brach ihr Studium vorzeitig ab, um fest in die Firma einzutreten, für die sie verkauft hatte. Sie gewann verschiedene Preise an der Uni –, aber das ist wohl nicht so wichtig. Vor drei Jahren gründete sie ihre eigene Firma, Ingalls and Associates. Die Firma hat zahlreiche Optionen auf den Grund in Yerba Buena. Auf Anhieb würde ich sagen, sie hat ihre Provisionen gut angelegt.«

»Ist das alles?«

»So ziemlich. Über ihr Privatleben, das dich wahrscheinlich vor allem interessiert, wird hier nicht viel gesagt. Eine kurze Ehe mit Douglas Ingalls, der zur hiesigen Creme und Schickeria gehört. Keine Kinder. Ließ sich vor vier Jahren von Ingalls scheiden. Nach allem, was ich über Ingalls weiß, war das gut und richtig. Der Mann tut praktisch nichts anderes als trinken und segeln. Mrs. Ingalls bewohnt eine Eigentumswohnung auf dem Nob Hill, hat ein Sommerhaus in Tahoe und gilt als großzügige Kunstmäzenin. Das ist alles, was wir haben.«

Ich dankte Bob. Ehe ich auflegen konnte, bat er mich, ihn anzurufen, wenn ich zufällig auf einen guten Mord stoßen sollte.

Auf den Straßen des Banken- und Geschäftsviertels wimmelte es von Mittagsspaziergängern. Aufstrebende junge Angestellte kamen rudelweise daher und begafften die Mädchen, die auf Bänken im Freien ihr Mittagbrot aus der Tüte aßen. Die sonst so graue Schlucht der Montgomery Street war in warmes Licht getaucht, und ich war ziemlich sicher, daß an diesem Tage viele verspätet an ihre Schreibtische zurückkehren würden.

Schon als ich mich dem ausgemachten Treffpunkt näherte, sah ich Cara Ingalls, groß, schlank und schön, auf dem Bürgersteig stehen. Ich sah auf meine Uhr und lächelte. Ich

hatte ganz entschieden ihr Interesse geweckt; sie war fünf Minuten vor der Zeit da.
Ich überquerte die Straße und nahm mir dabei die Zeit, Cara Ingalls' Kaschmirkleid zu bewundern, zu dem sie sehr elegante braune Stiefel trug. Und auch der verrückte Hut fehlte nicht – eine burgunderfarbene kleine Geschichte, die keß über einem Auge saß. Ich kam mir in meiner einfachen Hose und der Cordjacke wie ein Armeleutekind vor.
Ich ging direkt auf Cara Ingalls zu, begrüßte sie und stellte mich vor. Sie musterte mich mit einem Blick, der mir sagte, daß ich so aussah wie ich mich fühlte.
»Wir müssen uns beeilen«, sagte sie. »Ich habe einen Tisch reservieren lassen.« Und schon ging sie mir in das Restaurant voraus.
Innerhalb von Minuten saßen wir an unserem Platz, und der Kellner stand bereit, unsere Bestellungen entgegenzunehmen. Es war ein italienisches Restaurant, also bestellte ich Cannelloni und Weißwein. Cara Ingalls machte offenbar eine Hungerkur; sie nahm nur Grapefruitsaft und einen Krabbensalat ohne Dressing. Ich hatte mich mein Leben lang nie um meine Figur kümmern müssen; während ich mit Genuß an meinem Pizzabrot kaute, sagte ich mir, daß das die Rache dafür war, daß sie mir das Gefühl gegeben hatte, ein kleines dummes Ding und höchst unelegant dazu zu sein.
Bis das Essen gebracht wurde, führten wir ein ziemlich langweiliges Gespräch über das Wetter. Dann sagte ich: »Sprechen wir doch jetzt einmal über den Grund in der Salem Street. Hat Ihr Angebot noch Gültigkeit?«
Cara Ingalls nickte. »Ich habe erst heute morgen mit Mr. Cornish gesprochen. Er übernimmt die Verantwortung für die Entscheidung, obwohl natürlich jetzt die ganze Sache etwas in Verzug gerät, weil der Nachlaß von Mrs. Albritton zunächst geregelt werden muß.«
Charlie hielt sie sich also warm. Das ließ darauf schließen, daß er Harmons Anspruch vielleicht nicht würdigen würde.

»Was haben Sie über Gegenangebote gehört?« fragte ich.
Sie zuckte die Achseln.
»Meinen Informationen zufolge ist mein Angebot weit und breit das beste. Ich möchte den Grund haben und bin bereit, so hoch wie nötig zu gehen.«
»Was ist an der Salem Street so erstrebenswert?«
»Die Lage«, antwortete sie prompt. »Nähe zum Civic Center. Die Leute, die dort arbeiten, warten doch nur auf Wohnungen in nächster Nähe, ganz zu schweigen von Läden und Restaurants. Da läßt sich unerhört viel machen.«
»Das haben andere Leute sicher auch schon erkannt.«
»Natürlich. Aber ich habe die Mittel, diese Möglichkeiten zu verwirklichen.«
Das Gespräch mit Cara Ingalls fing langsam an, mir Spaß zu machen. Sie war eine Frau, wie sie mir gefiel; eine Frau, die aus eigener Kraft ihren Weg machte und sich dabei von nichts hatte aufhalten lassen. So hatte ich es auch immer gehalten, wenn auch bei weitem nicht mit dem gleichen finanziellen Erfolg wie sie.
»Mit wem haben Sie denn Ihren Informationen zufolge zu konkurrieren?« fragte ich.
Sie lächelte. »Nur mit einer Organisation, der Western Addition Credit Union.«
Harmons Angebot war also nicht allgemein bekannt.
»Das scheint Sie zu freuen.«
»O ja. Diese Leute können mit meinem Angebot nicht mithalten. Und das ist gut so. San Francisco braucht wirklich keine weiteren Billigwohnungen, die nur das Stadtbild verschandeln.«
Ich hatte die Pläne der Credit Union im Herbst gesehen, und so häßlich hatte ich die Entwürfe gar nicht gefunden.
»Wie ich höre, sind die Entwürfe ganz gut. Und Wohnungen zu erschwinglichen Preisen können wir in San Francisco ganz sicher gebrauchen.« Ich dachte an die sündteure Miete, die ich für meine altmodische kleine Wohnung bezahlte.
Cara Ingalls lachte kurz.

»Aber hören Sie! Schauen Sie sich doch das Gesindel an, das in diese Häuser zieht. Jede Familie mit einem halben Dutzend verwahrloster Kinder, die die Wände beschmieren und alles verschmutzen. Man sollte es diesen Leuten gar nicht erlauben, hier zu wohnen.«
Ihr kalt sachlicher Ton erschreckte mich.
»Und wohin sollen diese Leute Ihrer Meinung nach gehen?«
»Das ist mir gleich. Hauptsache, ich muß mir Ihren Dreck nicht ansehen.«
»Das ist eine ziemlich kalt berechnende Einstellung.«
Sie kniff die Augen zu. Sie waren von einem ungewöhnlichen reinen Bernstein und verstärkten für mich noch den Eindruck des Katzenhaften, der von ihr ausging.
»Miss McCone, sparen wir uns diese kindischen liberalen Gefühlsduseleien. Die Welt ist hart und rücksichtslos. Es wundert mich, daß Sie bei Ihrem Beruf...«
»Ich bemühe mich, an meinen Idealen festzuhalten. Sicher geht es hart zu –«
Cara Ingalls lachte wieder, voll Bitterkeit diesmal.
»Ich will Ihnen mal eine Geschichte über Ideale erzählen«, sagte sie mit gesenkter Stimme und beugte sich über den Tisch zu mir. »Ich war in unserer Familie die Jüngste, das einzige Mädchen. Mein Vater war Architekt, und wir wurden alle zur Selbständigkeit erzogen. Wir sollten alle einmal studieren. Mein ältester Bruder wurde Rechtsanwalt, der zweite Mediziner, der dritte Zahnarzt, und ich sollte einmal in die Fußstapfen meines Vaters treten und Architektin werden – glaubte ich jedenfalls.«
Ihre gelben Augen ließen mich nicht los. Es wunderte mich, daß sie mir das erzählte, aber ich wollte sie auch nicht unterbrechen.
»Mein Vater starb, als ich sechzehn war. An einem Herzinfarkt auf dem Golfplatz. Der Bruder, der mir im Alter am nächsten war, hatte zwei Monate vorher sein Studium als Zahnmediziner abgeschlossen. Nach der Beerdigung stell-

ten meine Mutter und ich fest, daß mein Vater an dem Tag, als mein Bruder promovierte, seine Lebensversicherung aufgelöst hatte. Seine Söhne hatten jeder einen Beruf, also war die Lebensversicherung nicht mehr nötig; meine Mutter und ich zählten nicht.«

Ich fand die Geschichte schrecklich.

»Da haben Sie sich Ihr Studium selbst finanziert.«

»Nicht bis zum Ende.« Mit verzerrtem Mund schüttelte sie den Kopf. »Drei Jahre hab ich durchgehalten. Abends habe ich gearbeitet, und gelernt habe ich an den Wochenenden, wenn ich in leeren Häusern hockte und auf Interessenten wartete, die sie besichtigen wollten. Aber eines Tages erwachte ich und sagte mir: ›Was zum Teufel soll das eigentlich? Da mach ich mich fix und fertig, um meinem Alten ein Denkmal zu setzen, obwohl dieses Schwein mich nur als minderwertig betrachtet hat! Bin ich verrückt geworden?‹ Ich hängte das Studium an den Nagel und ging ins Immobiliengeschäft. Und da hab ich's geschafft. Ich hab jetzt schon mehr Geld verdient, als mein Vater in seinem ganzen Leben. Ich wünschte nur, der gemeine Hund könnte es sehen.«

Ich mußte die Augen schließen, so sehr ging mir Cara Ingalls' Haß unter die Haut. Es war, als wollte sie mir die ganze Last ihrer brodelnden Emotionen aufbürden, und dagegen mußte ich mich abgrenzen.

»Wir kommen vom Thema ab«, sagte sich. »Ich wollte Ihnen über Ihr Angebot für den Grund in der Salem Street noch einige andere Fragen stellen.«

Cara Ingalls sah in ihren Salat hinunter und stocherte mit der Gabel darin herum, als hoffte sie unter Krabben und Salatblättern etwas zu finden, was den Schmerz ihrer immer noch offenen Wunde lindern könnte. Als sie wieder aufblickte, waren ihre Augen ruhig, von einem Hauch müder Resignation umschattet.

»Und die wären?«

»Sind Sie mit Joan Albritton noch ein zweites Mal zusam-

mengekommen, nachdem Sie das Bild von ihr gekauft hatten?«
Sie machte große Augen. »Was für ein Bild?«
»Sie kamen doch im vergangenen Oktober in ihren Laden und kauften ein billiges Gemälde. Ich dachte damals, Sie wollten sich vor allem ein Bild von ihrer Person machen.«
»Das dachten *Sie*?« Bedächtig legte sie ihre Gabel aus der Hand.
»Ja. Ich war an dem Tag im Laden.«
»Ach so.« Die gelben Augen musterten mich aufmerksam. »Nein, ich habe sie danach nicht wiedergesehen. Aber das Geld war gut angelegt, auch wenn das Bild in den Müll wanderte. Ich wollte sehen, mit wem ich es zu tun hatte, ehe ich mein Angebot unterbreitete. Ich konnte um einiges tiefer einsteigen, als ich das getan hätte, wenn ich nicht gesehen hätte, wie – töricht und exzentrisch Joan Albritton war.«
Alle Sympathie, die ich Cara Ingalls entgegengebracht hatte, verflog mit ihrer kaltherzigen Beurteilung Joan Albrittons. Statt dessen wurde ich mißtrauisch. Wieso hatte Cara Ingalls gerade zu dem damaligen Zeitpunkt die Zeit für reif gehalten, ein Angebot zu machen? Ihr Besuch in Joans Laden hatte Wochen vor der amtlichen Freigabe der Gebäude zum Abriß stattgefunden, zu einer Zeit, als die Leute in der Salem Street noch kompromißlos gegen jedes Immobiliengeschäft mit ihren Grundstücken gewesen waren.
Ich stellte noch ein paar Fragen, in der Hoffnung, Cara Ingalls würde sich widersprechen, aber sie antwortete mir mit rein technischen Informationen. Ich erfuhr einiges über die Irrungen und Wirrungen in der Immobilienbranche, aber kaum etwas über die Hintergründe ihres Angebots für den Grund in der Salem Street.
Ich ließ es mir nicht nehmen, für sie mit zu bezahlen, und verabschiedete mich dann draußen vor dem Restaurant von ihr. Schade um Cara Ingalls, dachte ich auf dem Rückweg zu meinem Wagen. Sie war eine starke und intelligente Frau und auffallend attraktiv dazu, trotzdem tat sie mir nur leid.

In ihrer Verbissenheit, ganz nach oben zu kommen, hatte sie etwas von ihrer Menschlichkeit verloren, und ihr verzweifeltes Bemühen, mir nahezukommen, signalisierte mir, daß sie den Verlust spürte.
Nun, das war ihr Problem. Mein eigenes schien mir im Moment dringender. Es war Zeit, ins de Young Museum zu fahren, wo ich mit Paula verabredet war. Vorher mußte ich zu Hause noch die Gemälde abholen, die ich ihr zeigen wollte. Ich hoffte, daß Frankie mich dort nicht erwartete.

17

Als ich nach Paula Mercer fragte, wies mich der Mann, der im de Young den Eintritt kassierte, zum Mitteltrakt des Museums und knöpfte mir kein Geld ab. Ich ging durch die große Säulenhalle in den weiten Mittelteil. Ganz hinten sah ich einen riesigen Gobelin, der an Stricken von der hohen verglasten Decke herabhing.
Paula trat plötzlich hiner dem Gobelin hervor und winkte mir stumm, da sie den Mund voller Stecknadeln hatte. Sie trug ausgebleichte Jeans und einen grünen Pullover und hatte das dunkle Haar hochgebunden.
Sie nahm die Stecknadeln mit den Fingern aus dem Mund, als ich näher kam, und ihr hübsches, rundes Gesicht strahlte.
»Sharon, ich muß unbedingt erst dieses Ding hier unterlegen, ehe ich weg kann.«
Ich sah zu dem Gobelin auf, der mindestens drei Meter hoch in der Luft hing. Sein oberer Rand war mit riesigen Klammern an einer langen Querstange festgemacht.
»Das ist ja irre groß. Wie schaffst du das denn?«
»Einfach ist es nicht. Schau dich doch noch ein Weilchen um. Dann trinken wir zusammen eine Tasse Tee.«
»Gut. Ich war seit Jahren nicht mehr im Museum.«
Paula klemmte die Stecknadeln wieder zwischen die Lippen

und stieg zu einer hohen Arbeitsrampe hinter dem Gobelin hinauf. Ich konnte nur hoffen, daß sie die Nadeln nicht verschluckte.
Ich schlenderte weiter nach hinten und schaute mich gründlich um, aber die Gemälde gefielen mir nicht. Darum bog ich seitlich ab, wo sich die kleineren Räume befanden, ging langsam weiter, blieb hier und dort stehen, wenn mir etwas besonders zusagte. Die Räume waren still und kühl, und mir wurde bewußt, wie gut mir die Ruhe tat.
Als ich in einen der letzten Räume dieses Flügels trat, blieb ich abrupt stehen. Auf der Bank in der Mitte des Raums saß eine mir bekannte Gestalt. Ich wollte mich gerade unauffällig zurückziehen, als Greg Marcus den Kopf hob und mich entdeckte.
Sein Gesicht wirkte müde, die Schultern hingen schlaff. Nur eine Spur von Sarkasmus war in dem Lächeln, mit dem er mich ansah.
»Ah, wer überwacht da wen?«
Umkehren konnte ich nicht, also ging ich hinein.
»Ja, es sieht so aus, nicht wahr? Aber ich bin hier, um mich mit einer Freundin zu treffen, die hier arbeitet. Sie hat nur im Moment zu tun. Kommen Sie öfter hierher?«
Eingedenk unserer letzten Begegnung war mir ziemlich unbehaglich; außerdem hätte ich nie erwartet, daß mir der Lieutenant ausgerechnet in einem Museum über den Weg laufen würde.
»Ab und zu.« Marcus klopfte auf den freien Platz neben sich, und ich setzte mich widerstrebend. »Hier können Sie so gut wie anderswo auf Ihre Freundin warten«, meinte er. »Wir befinden uns in guter Gesellschaft. Die drei Porträts sind von Rembrandt.«
Ich sagte nichts, da ich nicht zeigen wollte, wie wenig ich von Kunst verstand. Da hätte er höchstens wieder einen Anlaß gehabt, sich über mich lustig zu machen. Zugleich hatte ich das Gefühl, ihn bei einer sehr persönlichen Beschäftigung gestört zu haben. Ich kam mir wie ein Eindring-

ling vor und wäre am liebsten wieder gegangen, wußte nur nicht, wie ich das anstellen sollte.
Marcus wandte sich mir mit einem feinen Lächeln zu. »Sie wundern sich wohl, wieso ich nicht im Dienst bin.«
Ich zuckte die Achseln. »Man kann ja nicht dauernd arbeiten.«
»Das stimmt, das kann man nicht. Aber es gibt Tage, da denke ich, daß ich eigentlich arbeiten sollte. Und heute ist so ein Tag. Wenn mich etwas so richtig niederdrückt, komme ich meistens hierher.«
Ich hätte gern gewußt, was in den vergangenen vierundzwanzig Stunden geschehen war, daß er so offen mit mir sprach.
»Und das hilft?« fragte ich.
»Ja. Mir hat jemand einmal beigebracht, wie beruhigend es ist, so in einem Museum zu sitzen, sich still zu halten und die Gemälde bewußt zu sehen. Seitdem komme ich her, und es funktioniert immer. Und hinterher sehe ich alles viel klarer.«
Er warf mir einen raschen Blick zu, als wollte er sich vergewissern, daß ich ihn verstanden hatte.
Es hätte mich interessiert, ob der »Jemand« eine Frau gewesen war. Als er nicht weitersprach, sagte ich: »Jedenfalls besser als Valium.«
Er lachte, und dann saßen wir ein, zwei Minuten schweigend nebeneinander. Von den Rembrandts hatte ich nicht so viel, aber den Lieutenant sah ich eigentlich zum erstenmal. Seine Sensibilität war mir eine angenehme Überraschung, und ich wollte sehr gern glauben, daß er ein ehrlicher Polizeibeamter war. Aber wenn ich an Harmons Bemerkung über ihn dachte, erwachte sofort wieder mein Mißtrauen. Ich wußte ja nicht, welcher Art seine Beziehung zu Harmon tatsächlich war.
Vorsichtig bemerkte ich: »Ich habe gestern abend mit Ben Harmon gesprochen. Sie wissen, der die Kautionen stellt. Er behauptete, Sie hätten ihm gesagt, Sie ließen Hank und

mich nur aus Gutmütigkeit bei den Ermittlungen mitmachen.«
»Harmon?« Marcus sah mich überrascht an. »Das ist ein harter Bursche. Kennen Sie den näher?«
»Nein.« Ich wartete, hoffte, er würde etwas sagen, was meinem Argwohn den Boden entziehen würde.
»Unser Freund Harmon ist ein richtiger Hans-Dampf-in-allen-Gassen, wie mir scheint«, bemerkte er.
»Wie meinen Sie das?«
»Wissen Sie noch, gestern, als Sie so ärgerlich wurden, weil Sie glaubten, ich ließe Sie überwachen?«
Ich nickte.
»Ich sagte Ihnen doch, ich hätte meine Quellen. Nun, in diesem Fall war Harmon die Quelle. Ich traf ihn zufällig im Gerichtsgebäude, und da erzählte er mir, daß er Sie bei Cornish getroffen habe. Er versuchte, mich über Ihre Rolle in der Sache auszuhorchen. Und da sagte ich dann, ich ließe Ihnen nur aus Gutmütigkeit Ihren Willen. Ich wußte nicht, welcher Art sein Interesse war, aber ich trau diesem Burschen nicht über den Weg.«
»Ach, so war das.« Marcus war entweder ehrlich oder ein abgefeimter Lügner. »Eigentlich ist es ganz gut, daß wir uns hier getroffen haben. Ich habe Ihnen nämlich einiges zu erzählen.«
Ich berichtete ihm von dem verwüsteten Laden, Harmons Angebot für die Grundstücke in der Salem Street, seinem spätabendlichen Besuch bei van Osten und meiner wilden Flucht zum Cliff House.
»Das ist alles sehr interessant«, meinte er, als ich schwieg.
»Stecken Sie mich jetzt in die Damenkonfektion zurück?« erkundigte ich mich.
»Wie? Ach, du lieber Gott, vergessen Sie das. Mir geht oft mal der Gaul durch.«
»Ach, wie mir?«
Er lächelte beinahe schuldbewußt.
»Wissen Sie, ich hab gestern abend Ihren Chef angerufen,

um ihm die Meinung zu sagen. Sie hätten hören sollen, wie er mir die Leviten gelesen hat! Daraufhin versuchte ich, Sie anzurufen und Frieden zu schließen. Das muß um die Zeit gewesen sein, als Sie sich mit diesem Frankie herumschlugen.«

»Was sagte Hank denn zu Ihnen?« fragte ich.

Er schüttelte den Kopf. »Fragen Sie ihn das selbst, wenn Sie es unbedingt wissen wollen.«

Und ob ich das wissen wollte! Diesen Umschwung von ablehnender Feindseligkeit zu Freundlichkeit und Offenheit fand ich ausgesprochen verwunderlich.

»Diese Verbindung zu van Osten«, bemerkte er nachdenklich, »wirft ein ganz neues Licht auf meine ursprüngliche Theorie.«

»Sie hatten Charlie Cornish in Verdacht, nicht wahr?«

»Ja. Und ich habe ihn auch jetzt noch in Verdacht.«

Auch ich hatte meine Vorbehalte gegen ihn. Zwar verdächtigte ich ihn nicht des Mordes, aber da gab es doch seltsame Heimlichkeiten.

»Warum?«

»Ich hatte von Anfang an den Eindruck, daß Cornish etwas verheimlichte, deshalb ließ ich ihn überprüfen. Sie sagten, er sei ein Mann ohne Vergangenheit, aber das stimmt nicht ganz.«

Ich spürte die Beklommenheit, die schlechter Nachricht vorauszugehen pflegt. »Was hat er denn für eine Vergangenheit?«

»Vor vierundzwanzig Jahren wurde Charlie Cornish in seiner Heimatstadt Ashland im Staat Oregon wegen Brandstiftung und Mord unter Anklage gestellt. Zu einer Verurteilung kam es mangels Beweisen nicht. Unmittelbar nachdem das Verfahren eingestellt worden war, ging Cornish von dort weg, zog vermutlich hierher.«

So argwöhnisch ich Charlie gegenüber war, ich nahm ihn jetzt in Schutz.

»Und aufgrund einer Beschuldigung, die nicht zu halten

war, sind Sie jetzt bereit, ihm die Brandanschläge in der Salem Street und den Mord an Joan Albritton zuzutrauen.«
Marcus hob abwehrend eine Hand.
»Nicht so schnell. Werden Sie nicht gleich wieder wütend auf mich. Ich sage lediglich, daß das Wissen um seine Vergangenheit gewisse Aspekte seines Wesens beleuchtet.«
»Zum Beispiel seine Neigung, Häuser in Brand zu setzen.«
Marcus verdrehte verzweifelt die Augen.
»Was soll ich nur mit ihr tun?« fragte er in hoffnungslosem Ton einen der Rembrandts.
Ich lachte laut heraus. Er erinnerte mich an Joan Albritton, wenn sie mit Edwin gesprochen hatte.
Marcus sah mich erleichtert an.
»Na, wenigstens haben Sie Ihren Humor wiedergefunden. Eine Zeitlang wußte ich nicht mal, ob Sie überhaupt welchen haben. Im Ernst, Sharon, die Anklage lautete auf Brandstiftung und Mord. Charlies Frau und einziges Kind kamen bei dem Brand ums Leben.«
»O Gott!« sagte ich leise. »Kein Wunder, daß er die Vergangenheit am liebsten begraben sein lassen möchte.«
»Richtig. Ob es nun für den vorliegenden Fall von Bedeutung ist oder nicht, es sagt uns einiges darüber, warum Charlie Cornish so ist wie er ist.«
Ich dachte an Charlies kleines Hinterzimmer, das so viel Einsamkeit barg und vielleicht eine alte Schuld? Ob er Joan sein Geheimnis anvertraut hatte? Jetzt verstand ich auch Charlies Lüge über die letzte Sitzung der Händlergenossenschaft.
»Wie dem auch sei«, sagte Marcus abschließend, »ich muß in einer halben Stunde in einer Besprechung sein. Da Sie nun schon so weit vorangekommen sind, sagen Sie mir vielleicht, was Sie als nächstes vorhaben.«
Ich war also ganz offiziell wieder als Rechercheurin zugelassen.
»Ich werde versuchen, aus Charlie die Wahrheit herauszu-

bekommen. Sie haben recht, ich glaube auch, daß er etwas verheimlicht. Aber ich glaube nicht, daß er Joan getötet hat. Jetzt, wo ich das weiß, was Sie mir erzählt haben, kann ich ihn sicher zum Sprechen bringen.«
»Gut. Halten Sie mich auf dem laufenden.«
»Ich möchte Joans Laden auch noch einmal durchsehen. Ich hatte die Bestandsaufnahme vor dem zweiten Einbruch abgeschlossen. Vielleicht kann ich anhand meiner Listen feststellen, was fehlt. Das könnte aufschlußreich sein.«
Er nickte. »Okay, aber bitte seien Sie vorsichtig. Wenn Sie wollen, laß ich diesen Frankie abholen.«
»Noch nicht«, unterbrach ich. »Das würde Harmon aufmerksam machen.«
»Da haben Sie wahrscheinlich recht.« Er stand auf. »Rufen Sie mich jederzeit an, im Dienst oder zu Hause. Und gehen Sie Harmon aus dem Weg. Sie wissen, was für ein unfreundlicher Zeitgenosse er ist.«
Wir gingen zusammen ins große Foyer hinaus und trafen dort Paula, die gerade durch eine Tür mit der Aufschrift »Privat« kam. Ich sah, wie Marcus sie musterte, und verspürte einen kleinen Stich der Eifersucht. Er sah Paula als Frau; mich hatte er noch nie so angesehen.
Marcus ging weiter, durch die Glastür hinaus, hob noch einmal grüßend die Hand. Ich sah ihm nach, wie er die Stufen hinunterlief. Die Sonne lag hell auf seinem blonden Haar. Blödsinn, sich für diesen Mann zu interessieren, sagte ich mir beinahe zornig.
»Wer war denn das?« erkundigte sich Paula neugierig. »Du schaffst es wirklich, alles in deinen Tag hineinzupacken.«
»Das ist ein Bulle«, antwortete ich, nicht bereit zuzugeben, was mir durch den Sinn ging. »Bis heute nachmittag hab ich ihn gründlich verachtet, und ich bin sicher, er wird, noch ehe der Tag um ist, wieder etwas tun, worauf ich nur mit Verachtung reagieren kann. Komm, sehen wir uns die Bilder an.«

Paula wollte erst mit mir Tee trinken, aber ich sagte, ich hätte keine Zeit. Dennoch warf ich einen sehnsüchtigen Blick in den japanischen Teegarten, an dem unser Weg vorüberführte. Unter grünen Bäumen und steinernen Laternen blühten Fuchsien und andere Blumen von einem helleren Rot, und in einem kleinen Teich schwammen weiße und rote Goldfische. Ich wünschte, ich könnte mir ein paar Minuten gönnen, um mich in das Teehaus zu setzen und aus einer weißen Porzellantasse zu trinken.
»Das scheint ja ein ganz ernster Fall zu sein, wenn du sogar mit der Polizei Umgang pflegst«, bemerkte Paula, die von Polizeibeamten nicht viel hielt.
»Von Umgang-Pflegen kann keine Rede sein. Er war hier im Museum, und da mußte ich höflich sein.«
»Ein Bulle mit Kultur! Kaum zu glauben.«
Um das Gespräch in andere Bahnen zu lenken, sagte ich: »Mir ist in den letzten Tagen viel Unglaublicheres untergekommen.« Ich erzählte ihr von dem Mord und dem Verlauf meiner Nachforschungen bis zu diesem Augenblick. Sie hörte mir aufmerksam zu, machte nur hin und wieder eine kurze Bemerkung, während wir zu meinem Wagen gingen.
»Na, du kommst wirklich rum«, meinte Paula. »Vom Trödler bis zu Cara Ingalls. Mrs. Ingalls sitzt übrigens in unserem Verwaltungsrat – vom Museum, meine ich. Ich hätte es nie fertiggebracht, einfach so auf sie zuzugehen, wie du das getan hast. Aber ich laß mich sowieso leicht von Leuten einschüchtern, die so viel Kunstverstand haben wie sie.«
Paula schwieg einen Moment mit nachdenklicher Miene.
»Mit ein paar von diesen Sachen aus dem Laden könnte ich bestimmt einige ganz aufregende Schaustücke zusammenstellen. Wie wär's mit einer kopflosen Schneiderpuppe, die einen ausgestopften Hund spazierenführt, hm? Hör mal, Sharon, dieser Edwin kann durchaus wertvoll sein. Für

manche von diesen alten Schaufensterpuppen bekommt man heute hohe Preise. Du sagst, er ist aus Holz?«
»Er hat einen Holzkopf und einen Körper aus Stoff. Dazu eiserne Schuhe.«
»Weshalb die Schuhe? Komisch, das alles. Und wie kann man nur auf den Gedanken kommen, seinen Hund ausstopfen zu lassen? Verrückt, was den Leuten alles einfällt.«
Inzwischen waren wir bei meinem Auto angekommen, und ich sperrte den Kofferraum auf.
»So, hier sind die Bilder.«
Ich nahm sie heraus und legte sie auf die Kühlerhaube. Paula beugte sich über sie und begutachtete sie in aller Eile.
»Oh, das sind Arbeiten von Richard. Richard Solsby. Die erkenne ich auf den ersten Blick.« Sie sah mich mit einem etwas wehmütigen Lächeln an. »Richard und ich hatten vor ungefähr einem Jahr mal eine nette kleine Affäre, aber sie war nicht von Dauer. Ein Mensch, der nur drei Sujets malen kann, hat auch sonst etwas bedrückend Zurückhaltendes, weißt du.«
»Wie meinst du das, nur drei Sujets?«
Paula lehnte sich an das Auto und zählte sie an den Fingern ab.
»Stilleben mit Blumen und Früchten, Seestück, Straßenszene. Du hast hier eine hübsche kleine Auswahl seiner Arbeiten. Wir könnten wahrscheinlich eine Ausstellung machen.«
»Und was ist mit dem religiösen Zeug?«
»Religiös? Ach, du meinst die Madonna mit dem Kind.« Sie drehte den Kopf nach dem Bild. »Das stammt eindeutig nicht von Richard. Ich war so erfreut, als ich seine Sachen sah, daß ich das Bild ganz übersehen habe. Ich habe nämlich immer noch ein gewisses Interesse an Richard. Er schuldet mir noch fünfzig Dollar, und ich hoffe von Herzen, er verkauft endlich mal was.«
Paula griff nach dem Madonnabild und begutachtete es mit ernsthaftem Gesicht.

»Nein, das ist eindeutig nicht von Richard. Das ist gut, beinahe zu gut.«
»Zu gut?«
»Ja, viel zu gut.« Ihre Stimme war erregt. »Sharon, sieh es dir doch mal an. Das Blattgold da – das ist eine sehr alte Technik, und auch diese Art, auf Holz zu malen und nicht auf Leinwand...« Sie sah auf und kniff einen Moment ganz fest die Augen zu. »Verdammt noch mal! Was denke ich da?«
»Also, wenn *du* das nicht weißt?«
»Pscht.« Sie hob die Hand, um mich zum Schweigen zu bringen. Ihr Gesicht war ganz konzentriert. »Ich möchte schwören, daß das ein Bellini ist. Ja, ich könnt's schwören. Ist dir eigentlich klar, daß du mit einem Gemälde durch die Gegend gezuckelt bist, das mehr als hunderttausend Dollar wert ist?«
»Du spinnst!« Mir wurde ganz schwach.
»Von wegen! Ach verflixt, wenn ich doch meinen Hefter mit den Zeitungsausschnitten hier hätte.« Paula wirkte echt ratlos.
»Würdest du mir das bitte mal genauer erklären? Was ist ein Bellini?«
»Bellini«, sagte sie langsam und akzentuiert, »ist ein italienischer Maler des fünfzehnten Jahrhunderts. Er hat viele Altarstücke für Kirchen gemalt. Und ich glaube, dieses Bild gehört zu so einem Altarstück.«
»Wie meinst du das – es gehört dazu?«
»Es ist Teil eines sogenannten Triptychons, eines dreiteiligen Altarbildes. Auf den beiden Seitenflügeln sind Darstellungen von Heiligen oder ähnliches, und in der Mitte ist die Madonna mit dem Kind oder eine Kreuzigung.«
Ich seufzte. »Dann lassen wir es am besten amtlich schätzen. Dadurch wird sich der Wert des Nachlasses von Joan Albritton ganz wesentlich erhöhen.«
»Aber verstehst du denn nicht?« fragte Paula mich verblüfft. »Dieses Gemälde hat hier in den Vereinigten Staaten

nichts zu suchen, und schon gar nicht in einem billigen Antiquitätenladen in der Salem Street.«

»Wieso nicht? Joan hatte einige wertvolle Dinge. Es waren ja nicht lauter Nachahmungen.«

Paula zitterte praktisch vor Aufregung.

»Sharon, die Altarbilder Bellinis waren Eigentum reicher italienischer Kirchengemeinden. In letzter Zeit sind viele dieser Kunstwerke gestohlen worden.«

»Du meinst, das Bild ist geklaut?«

Sie nickte. »Ich hab vor einiger Zeit einen Artikel über Kunstdiebstähle in Italien gelesen. Er blieb mir im Gedächtnis, besonders die Passage über das verschwundene Bellini-Tryptychon. Ich habe mir den Artikel damals ausgeschnitten und bin ziemlich sicher, daß ich ihn noch zu Hause habe.«

»Du lieber Gott!« rief ich. »Das ist ein Meisterwerk?«

»Ganz recht. Und es ist hier eingeschmuggelt worden. In dem Artikel hieß es, daß der italienische Zoll den illegalen Transport der Gemälde nicht verhindern kann, und daß diese am Ende meistens in den Händen privater Sammler landen. Es gibt Sammler, für die ist es aufregend, ein gestohlenes Kunstwerk zu besitzen, auch wenn sie sich nur ganz allein und in aller Heimlichkeit daran ergötzen können. Es ist eine richtige Krankheit – wie beim sprichwörtlichen Geizhals und seinen Geldsäcken. Auf jeden Fall ist dieses Gemälde irgendwie aus Italien in die Salem Street gelangt, und das kann noch nicht allzulange her sein. Der Diebstahl war im vergangenen Sommer.«

»Von Italien in die Salem Street. Ob Joan wohl wußte, daß sie ein Meisterwerk in ihrem Laden hatte?« Ich hielt inne, als ich mir klarmachte, was es zu bedeuten hatte, wenn ich die Frage bejahte. Joan Albritton eine Schmugglerin?

»Ein tolles Arrangement«, meinte Paula. »Ein Sammler könnte die Gemälde in der Salem Street abholen, ohne daß jemand ihren Wert auch nur ahnt. Wer würde denn dort echte Kunstwerke suchen?«

Ja, wirklich ein ideales Arrangement. Aber wie, fragte ich

mich, hatte Joan die Dinger überhaupt eingeschmuggelt. Und dann fiel mir ein, wie Joan den größten Teil ihrer Waren eingekauft hatte.

»Paula«, sagte ich, während ich mir die Dinge langsam zusammenreimte, »wenn ein Gemälde wie dieses mit einer regulären Lieferung von Bildern – Nachahmungen, die erst im letzten Monat hergestellt wurden – hier einträfe, würden das die Leute vom Zoll merken?«

»Nein, sicher nicht, wenn die Lieferung von einem bekannten Hersteller käme. Die Italiener können nicht jede Lieferung untersuchen, die hinausgeht. Und der amerikanische Zoll würde sich die Arbeit bestimmt auch nicht machen.«

»Wieso eigentlich nicht?«

»Hast du schon einmal beim Löschen der Ladung eines Schiffes unten an den Docks zugesehen? Es ist zwar ein Zollbeamter da, aber im allgemeinen öffnet er die Kisten nicht. Beim Zoll gibt es hervorragend ausgebildete Kunstexperten, aber ihre Aufgabe ist es, Fälschungen zu erkennen.«

»Das verstehe ich nicht.«

»Kunstwerke – Gemälde, Skulpturen, Gegenstände von offenkundigem kulturellen Wert – dürfen zollfrei eingeführt werden. Sie dienen der kulturellen Bildung und so. Viele Importeure geben ihre Waren einfach für echt aus, um keinen Zoll zahlen zu müssen. Du kannst dir vorstellen, daß die Experten alle Hände voll zu tun haben, um solche Schwindeleien aufzudecken. Sie haben nicht die Zeit, jede Sendung zollpflichtiger Waren – zu denen deine nachgeahmten Antiquitäten ja gehören – zu untersuchen.«

»Wenn also der Bellini von einer angesehenen Firma an einen hier bekannten Händler ging, wenn regelmäßig Sendungen dieser Firma an diesen Händler einträfen, dann ist er den Zollbeamten einfach zwischen den Fingern durchgeschlüpft?«

»Ich bin überzeugt davon.«

Ich lehnte mich an den Wagen, während ich meine Fakten

ordnete. Joan Albritton und Oliver van Osten – Schmuggler?
»Sharon, das Bild darf nicht so herumgezerrt werden«, sagte Paula. »Es ist sehr alt, und schon die geringsten Temperaturschwankungen können ihm schaden. Ich glaube, ich nehme es am besten mit ins Museum.«
»Nein«, rief ich. »Nein, ich bringe es lieber zur Polizei. Da ist es sicher.«
Ich nahm ihr das Bild aus der Hand und holte eine Wolldecke aus dem Auto. Nachdem ich den Bellini darin eingewickelt hatte, verstaute ich ihn zusammen mit den anderen Bildern wieder im Kofferraum. Paula beobachtete mich, als sperrte ich einen Säugling in den Kofferraum.
»Könntest du mir den Artikel über diese Diebstähle besorgen?« fragte ich sie.
»Natürlich. Ich seh gleich nach, wenn ich nach Hause komme.«
»Das wäre nett.«
»Tu ich gern. Ich würde gern noch ein paar Bilder in den Kirchen sehen, wenn ich mal wieder nach Italien komme.«
Ich gab ihr einen Klaps und stieg in den Wagen. »Danke für deine Hilfe. Ich ruf dich an.« Ich fuhr davon. Paula blieb auf dem Bürgersteig stehen und winkte mir und dem Bellini nach.
Als nächstes, beschloß ich, würde ich mir van Ostens Kataloge ansehen und feststellen, ob er Gemälde von italienischen Firmen einführte. Das hieß, daß ich seinem Büro einen Besuch abstatten mußte – aber erst nach Dienstschluß. Jetzt wollte ich erst einmal Charlie Cornish auf den Pelz rücken und mir von ihm die Wahrheit über sein sonderbares Verhalten erzählen lassen.

19

Die Suche nach Charlie erwies sich als schwierig. Der Trödelladen war immer noch geschlossen, darum ging ich die Straße hinunter zu Dan Efrons Laden. Dan setzte gerade einem Kunden die Vorteile eines alten Gasherdes auseinander; ich mußte also warten. Der Herd sah noch abgewrackter aus als der in meiner Wohnung, aber Dandy tat so, als wäre er ein wahrer Schatz.

Als der Kunde für den Herd bezahlt und ihn zu seinem Wagen geschleppt hatte, wandte sich Dan mir zu.

»Wie geht es Austin, Dan?« fragte ich, da ich mich erinnerte, daß ich den kleinen Iren am Abend zuvor in Dans Obhut zurückgelassen hatte.

Dans freundliches Gesicht wurde ernst.

»Nicht besonders. Ich habe ihn nach Hause gebracht, und seine Frau hat ihm ein paar steife Drinks eingeflößt, aber sie sagt, daß er heute völlig fertig ist. Er muß mit der Versicherung sprechen, und die werden garantiert mit allen Mitteln versuchen, sich vor ihrer Verpflichtung zu drücken.«

»Der arme Kerl«, meinte ich. »Haben Sie Charlie zufällig irgendwo gesehen?«

Dans Gesicht wurde noch bekümmerter.

»Dem geht's auch nicht gerade glänzend.«

»Ach? Ich hab gesehen, daß sein Geschäft geschlossen ist.«

»Ja, das erste Mal, daß ich das erlebe. Ich habe den Eindruck, Charlie will seinen Kummer im Alkohol ertränken.«

»Sie meinen, er sitzt in seinem Laden und trinkt?«

»Nein. Er kam vor ungefähr einer Stunde hier vorbei und fragte, ob ich auf ein Bier mit ihm in die Lucky Lounge gehen würde. Aber ich konnte den Laden nicht allein lassen.«

»Wo ist die Lucky Lounge?« fragte ich.

»Drüben in der McAllister Street. Aber da sollten Sie lieber nicht hingehen.«
»Wieso nicht?«
Dan schien verlegen. »Na, die Frauen, die sich da rumtreiben – ich weiß nicht.«
»Keine Sorge, Dan. Wenn mir jemand Geld anbietet, bin ich nicht gleich beleidigt.«
»Ach, das sind aber nicht alles Nutten.« Er kratzte sich voller Verwirrung am Kopf. »Manche sind ganz einfach alte Säuferinnen.«
Ich ließ Dan in seinem Laden zurück und ging zu Fuß in die McAllister Street. Die Lucky Lounge war eine typische Arbeiterkneipe, von sechs Uhr morgens an geöffnet, wie die Neonreklame verkündete. Ich stieß die Tür auf und trat in den schummrigen Raum.
Auf der linken Seite war ein Tresen mit Hockern, deren Ledersitze völlig zerschlissen waren, rechts gab es mehrere kleine Nischen mit Tischen. Aus dem Musikautomaten kam ein Schlager vom »schönsten Mädchen der Welt«. In der hintersten Nische hockte Charlie zusammengesunken über einem Glas Bier.
»Miss?« sagte der Mann hinter dem Tresen. Ich wies auf Charlie und ging weiter.
Als ich die Nische erreichte, hob Charlie den Kopf. Seine Augen waren zwar blutunterlaufen, aber ich sah, daß er nicht allzuviel getrunken hatte. Er war einfach ein einsamer alter Mann, der sein Bier nuckelte.
»Wollen Sie mich nicht bitten, mich zu Ihnen zu setzen?« Ich bemühte mich, streng zu sprechen, aber es fiel mir schwer. Ich hatte Charlie eben irgendwie gern.
Er wies auf den Platz ihm gegenüber.
»Bitte, ich kann mir zwar nicht vorstellen, warum Sie das wollen, aber ich lad Sie sogar zu einem Bier ein, wenn Sie möchten.«
Ich setzte mich, und er winkte der müde aussehenden Kellnerin, die am Tresen lehnte. Sie brachte ein zweites Glas

Bier und stellte es mir hin, nicht ohne mich mit einem neugierigen Blick zu mustern. Charlie und ich waren nicht gerade das ideale Paar.
»Sie erwarten wahrscheinlich eine Erklärung«, sagte Charlie, »weshalb ich die Genossenschaft gar nicht aufgefordert habe, Sie zu engagieren.«
»Ja, darum wollte ich Sie eigentlich bitten.«
»Das habe ich befürchtet. Sie stellen einfach zu viele Fragen.« Er versuchte zu lächeln, aber es klappte nicht.
Der Musikautomat verstummte. Charlie nahm zwei Münzen von dem Kleingeld auf dem Tisch und ging hinüber, um neue zu wählen. Ich wartete. Ich hatte Zeit.
Er kam zurück und setzte sich schwerfällig. Derselbe Schlager ging wieder los.
»... haben Sie zufällig das schönste Mädchen der Welt gesehen?« sang Charlie ein bißchen falsch.
Ich mußte lächeln. Joan Albritton war weder schön noch ein Mädchen gewesen. Aber plötzlich wurde ich mir der Neigung der Jugend bewußt, anzunehmen, daß Leben und Leidenschaften mit Erscheinen der ersten grauen Haare unwiederbringlich erlöschen. Für Charlie war Joan vielleicht genau das gewesen, was in dem Lied besungen wurde. Und seine Welt würde jetzt für immer ein wenig dunkler sein.
»Also, fragen Sie schon, warum ich's nicht getan habe«, sagte er plötzlich, mitten im Lied.
Ich schüttelte den Kopf. »Ich glaube, ich weiß es schon. Sie hatten Angst, ich würde zuviel erfahren.«
Er sah mich mit scharfem Blick an.
»Zuviel worüber?«
»Über Ihre Vergangenheit vielleicht. Darüber, was wirklich geschah, als Sie an dem Abend zu Joan rübergingen.«
Die letzte Bemerkung war ein Schuß ins Dunkle, aber er traf. Charlies Gesicht verfiel, seine Lippen zitterten.
»Wenn Sie so viel zu wissen glauben, dann sagen Sie's mir doch.«

»Ich weiß, wie Ihre Frau und Ihr Kind umgekommen sind. Daß man Sie dafür unter Anklage stellte. Wußte Joan das?«
»Ja. Es spielte nie eine Rolle für sie – zumindest glaubte ich das bis zum letzten Montag abend. Ich dachte, sie verstünde.«
»Verstünde was? Haben Sie Ihre Familie wirklich getötet?«
Er zuckte die Achseln, Qual und Hoffnungslosigkeit im Gesicht.
»Ich glaubte es jedenfalls immer. Ich habe eine vage Erinnerung daran, daß ich eine Zigarette in den Haufen Putzlumpen schmiß, wo das Feuer ausbrach. Aber ich weiß heute noch nicht, ob ich das an genau dem Tag tat oder an irgendeinem anderen. Ich kann nicht einmal sagen, ob die Zigarette überhaupt brannte. Ich habe nie eine klare Erinnerung daran gehabt, aber Gott weiß, daß ich es getan haben könnte. Ich liebte meine Frau, aber sie liebte mich nicht, und das Kind war nicht einmal von mir.«
Es tat mir weh, sehen zu müssen, wie er sich mit einer Schuld für etwas belastete, von dem er nicht einmal mit Sicherheit wußte, ob er es getan hatte.
»Hat Joan Ihnen das am Montag abend vorgehalten?«
Er nickte. »Ich ging zu ihr, weil ich ihr davon abraten wollte, an Harmon zu verkaufen.«
»Dann wußten Sie also schon vor seinem Besuch bei Ihnen von seiner Vereinbarung mit ihr?«
»Nein, das nicht, aber ich vermutete so etwas. Er legte ein so intensives Interesse für sie an den Tag, daß mir klar war, daß er es auf ihr Grundstück abgesehen hatte. Es war ihm gelungen, sie einzuwickeln, deshalb versuchte ich, sie wieder zu Verstand zu bringen.«
»Wie denn?«
»Ich sagte ihr, Harmon wäre der Urheber der Brände und der anderen Anschläge.«
»War er das wirklich?«

Charlie machte eine müde Geste.
»Ich glaube schon. Zweimal hab ich unmittelbar vor den Bränden einen von seinen Helfern in der Gegend gesehen, diesen mageren, kleinen namens Frankie. Der tut alles, was Harmon ihm aufträgt.«
Ich stimmte ihm im stillen zu.
»Und das sagten Sie Joan?«
»Genau. Und sie wurde wütend und behauptete, ich wolle Harmon nur aus Eifersucht bei ihr schlechtmachen. Sie erinnerte mich daran, daß ich schließlich selbst wegen Brandstiftung vor Gericht gestanden habe. Sie sagte, ich solle gefälligst erst mal vor meiner eigenen Tür kehren.«
Charlie machte eine Pause und legte eine Hand über seine Augen.
»Da hab ich etwas getan«, fuhr er leise fort, »wofür ich mich immer noch entsetzlich schäme. Ich habe sie geschlagen. Fest.«
Ich erinnerte mich, daß Joan dem ärztlichen Befund zufolge einen Bluterguß im Gesicht gehabt hatte.
»Es war gräßlich, Sharon. Ein paar Minuten lang stand sie nur ganz still da und drückte die Hand aufs Gesicht. Dann nahm sie das Kettchen von ihrem Hals und sperrte die Vitrine auf. Sie nahm mein Medaillon heraus – das silberne Medaillon, das ich ihr vor zwanzig Jahren kaufte, als ich ihr von meiner Vergangenheit erzählte, und sie sagte, es spiele keine Rolle, sie liebe mich trotzdem.«
Er griff sich an den Hals und zog das Medaillon unter seinem Overall hervor, ein altmodisches Filigranherz.
»Sie gab es mir zurück und sagte – niemals werde ich ihr Gesicht vergessen, als sie es sagte – sie sagte, ›Du bedeutest mir nichts mehr. Nichts!‹«
Er konnte nicht weitersprechen und senkte den Kopf. Ich griff über den Tisch und nahm eine seiner Hände.
»Als ich später noch einmal hinüberging«, sagte er mit erstickter Stimme, »als ich noch einmal hinüberging, um sie um Verzeihung zu bitten, war sie tot.«

Ich sagte nichts, hielt nur seine Hand. Es vergingen gewiß fünf Minuten, ehe er den Kopf hob.
»So, jetzt wissen Sie's. Ich hatte Angst, Sie könnten herausbekommen, daß ich drüben war und Streit mit ihr hatte. Der Lieutenant von der Polizei hatte die Leute auch schon über mich ausgefragt – ich glaube, der weiß über mich Bescheid –, und ich hatte Angst. Es war mir wichtiger, meine Haut zu retten, als Joans Mörder zu finden.«
Ich räusperte mich. Es fiel mir schwer, etwas zu sagen.
»Okay«, sagte ich schließlich. »Okay, Charlie. Aber das tun Sie ja jetzt nicht mehr, und ich glaube, ich bin ihm schon ein Stück näher gekommen.«
Ein Funken Interesse blitzte in seinen müden Augen auf.
»Wirklich?«
Ich zögerte. Ich wollte ihn nicht zu allem Überfluß noch mit meiner Vermutung belasten, daß seine tote Geliebte aller Wahrscheinlichkeit nach unlautere Geschäfte gemacht hatte. Statt ihm zu antworten, sagte ich schließlich: »Eine Frage möchte ich Ihnen noch stellen, Charlie, dann gehe ich.«
»Gut.«
»Ist es in den letzten Jahren einmal vorgekommen, daß Joan Geld brauchte, mehr Geld, als sie aus dem Laden herausbekommen konnte?«
Er sah mich verständnislos an.
»Ich kann mich nicht – oder doch, Moment mal. Natürlich. Der Junge.«
»Ihr Enkel?«
»Ganz recht. Christopher. Er war ein unheimlich begabter Musiker und schon ganz früh in der Juilliard School of Music aufgenommen worden – so eine Art Förderprogramm für begabte Jugendliche. Joanie wollte ihm das unbedingt ermöglichen, obwohl es eine Stange Geld kosten sollte. Sie meinte, sein Talent dürfe keinesfalls genauso vor die Hunde gehen wie damals das ihre, als sie ihren Mann, diesen Tunichtgut, heiratete und dafür die Akademie aufgab.«
»Und was tat sie, um es ihm zu ermöglichen?«

»Was sie tat?« wiederholte er verblüfft. »Nicht viel, soweit ich mich erinnere. Sie schränkte sich ein und legte Geld auf die Seite. Und der Junge suchte sich den Job bei der Rock-Band.«
»Wann war das, Charlie? Überlegen Sie genau.«
Er runzelte die Stirn. »Soweit ich mich erinnern kann, war das vor ungefähr anderthalb Jahren – im Herbst des vorletzten Jahres. Chris hätte im vergangenen August nach New York gehen müssen, wenn alles geklappt hätte.«
Vor anderthalb Jahren also war Joan reif gewesen für ein Geschäft, bei dem viel Geld zu machen war. Vielleicht hatte auch die romantische Vorstellung, einem Schmuggelring anzugehören, sie verlockt.
Ich stand auf und schob mein unberührtes Bier Charlie hin.
»Und was tun Sie jetzt?« fragte er.
»Jetzt fahr ich erst mal in die Stadt. Ich melde mich wieder bei Ihnen. Sobald ich den Mörder geschnappt habe, hören Sie von mir.« Ich wandte mich zum Gehen, sagte dann aber noch: »Charlie, wenn dieser Lieutenant Marcus zu Ihnen kommt, dann sagen Sie ihm alles, was Sie mir gesagt haben. Er ist ein ganz vernünftiger Mann. Er wird Ihnen glauben.«
Damit eilte ich hinaus.
Was ich gesagt hatte, war mein Ernst. Ich fand Greg Marcus durchaus vernünftig, wenn er nicht gerade den großen, starken, feuerspeienden Bullen spielte. Hätte Marcus allerdings gewußt, daß ich vorhatte, in Oliver van Ostens Büro einzubrechen, wäre ich bestimmt in den Genuß der nächsten großen Bullennummer gekommen.

Aus eigener Erfahrung wußte ich, daß man, wollte man unbemerkt an einem Wächter oder Posten vorbeikommen, vor allem dessen Gewohnheiten studieren und den wunden Punkt finden mußte. Ich stellte mich an die Bushaltestelle vor dem alten Haus in der Market Street, wo van Osten sein Büro hatte, und beobachtete den Mann in Uniform.

Es war fast sieben Uhr abends, aber eine große Zahl von Leuten ging in das Haus hinein. Der Wächter fragte jeden nach seinem Namen und hakte den Namen dann auf einer Liste ab. Punkt sieben kreuzten ungefähr zwanzig Personen auf einen Schlag auf, und es bildete sich eine Schlange. Ich ging hinüber und stellte mich ganz hinten an.

»Organisationsverhalten«, sagte die Frau vor mir gerade zu dem Mann an ihrer Seite, »ist der schlimmste Kurs im ganzen Vorlesungsverzeichnis. Aber ich muß ihn nehmen, sonst werde ich nicht zum Examen zugelassen.«

»Und ich nehme ihn«, erwiderte der Mann, »damit ich wenigstens einmal in der Woche abends von zu Hause wegkomme.«

Daher die vielen Leute. Die Golden Gate University, wo man vor allem Kurse in Betriebswirtschaft und Recht belegen konnte, hielt viele ihrer Abendseminare in Räumen ab, die von örtlichen Firmen zur Verfügung gestellt wurden. Offenbar war auch in dem Haus, in dem van Osten sein Büro hatte, so ein wohlwollendes Unternehmen. Die Liste, die der Wächter in der Hand hielt, war vermutlich das Verzeichnis der Kursteilnehmer. Ich konnte nur hoffen, daß an diesem Abend jemand schwänzte.

Während ich näher rückte, beobachtete ich den Wächter, wie er die Leute vor mir abfertigte. Er verlangte keinen Ausweis, aber ich sah genau, daß er ihre Gesichter nicht kannte, denn er gönnte ihnen kaum einen Blick. Hinter ihm auf dem Tisch stand ein kleiner Fernsehapparat. Das Bild lief, doch der Ton war ausgeschaltet. Der Wächter hatte es

wahrscheinlich eilig, wieder zu seiner Sendung zu kommen.
Als ich an die Reihe kam, überflog ich hastig die gedruckte Liste und deutete dann auf einen Namen, der nicht abgehakt war. Er war kurz und leicht verkehrt herum zu lesen.
»Da«, sagte ich. »Milne.«
Mit einem Brummen setzte der Wächter sein Häkchen hinter den Namen. Ich folgte den anderen zum Aufzug, und wir fuhren in die elfte Etage hinauf. Dort murmelte ich etwas von der Toilette und ging in der entgegengesetzten Richtung wie die anderen davon.
Die Frau, die den Kurs für die Zulassung zum Examen brauchte, rief mir nach: »Da müssen Sie eine Treppe tiefer gehen. Es gibt nur in jedem zweiten Stockwerk eine.«
»Danke.« Ich ging ins Treppenhaus hinaus, wo ich ja sowieso hin wollte.
Auf van Ostens Karte stand, daß sein Büro auf Nummer 602 war. Ich trabte zum sechsten Stock hinunter. Alles war still, kein Licht schimmerte durch die Milchglastüren. Ich ging weiter bis zu Nummer 602. Ich konnte das Glas einschlagen, um hineinzugelangen, aber ich hoffte, daß ich das nicht würde tun müssen. Aus meiner Tasche nahm ich einen Bund Nachschlüssel, die ich im Laufe der Jahre zusammengetragen hatte. Der achte Versuch war erfolgreich.
Ich trat in das dunkle Büro, schloß die Tür hinter mir und lauschte einen Moment in die Stille. Dann nahm ich meine kleine Taschenlampe heraus und sah mir das Zimmer an. Ein typisches Vorzimmer mit typischem Büromobiliar. Die Wände hatten einen langweiligen Beigeton, Schreibtisch und Stühle waren aus dem hellen Holz, das ich noch aus meiner Schulzeit in Erinnerung hatte. Der Raum war schmucklos, bis auf eine Vase mit roten Nelken auf dem Schreibtisch. Van Osten sah vermutlich keinen Grund, viel Geld in sein Büro zu stecken, nachdem er sowieso die meiste Zeit unterwegs war. Ich ging am Schreibtisch vorbei durch eine Verbindungstür. Auch nebenan war alles still.

Drei weitere Türen gingen von dem kleinen Vorzimmer ab, in dem ich stand. Hinter der ersten befand sich ein Wandschrank. Die zweite führte in eine Art Ausstellungsraum mit Mustern von van Ostens Artikeln. In einem Bücherregal standen reihenweise Kataloge.
Ich richtete meine Lampe auf sie. Die mit englischen, französischen und deutschen Namen interessierten mich nicht. Aber in der zweiten Reihe stieß ich auf ein Buch mit der Aufschrift Giannini & Barducci. Ich nahm es mit zu einem Tisch, blätterte es durch, sah mir die Illustrationen an. Giannini & Barducci stellten Gemälde in Mengen her.
Ich blätterte schneller, bis ich zur Illustration einer samtäugigen Madonna mit Kind kam. Meinem ungeschulten Auge zeigte sich kaum ein Unterschied zu dem Bellini im Kofferraum meines Wagens. Die dazugehörige Beschreibung lautete: »Ein Sortiment von fünfzig ausgewählten Gemälden im Florentiner Stil mit religiösen Motiven. Bestellnummer BX 1731.«
Die Nummer fiel mir auf. Ich suchte aus meiner Handtasche das Notizbuch, in dem ich mir am Morgen die Angaben aus Joans Büchern notiert hatte. BX 1731 war die Sendung, die am vergangenen Montag hätte ankommen müssen; vielleicht war sie tatsächlich eingetroffen. Wenn ja, wo waren die anderen neunundvierzig Gemälde?
Ich suchte nach der Nummer CD 1910, die zweite, die ich mir notiert hatte. Sie erschien auf Seite 231, illustriert mit einer gramgebeugten Madonna am Fuß des Kreuzes. »Fünfzig ausgewählte Ölgemälde, spätgotischer Stil.«
Das war eine Riesenmenge religiöser Gemälde für einen einzigen kleinen Laden; noch dazu für einen Laden, dessen Umzug bevorgestanden hatte. Ich stellte den Katalog wieder ins Regal, ging hinaus und öffnete die dritte Tür.
Kahl wie die anderen Räume. Ein sachlicher Schreibtisch und eine Reihe Aktenschränke. Das war so ziemlich alles. Ich entdeckte eine Schublade mit dem Schild »Bestellungen – G&B«.

Minuten später hielt ich den Auftrag für die florentinischen Gemälde in der Hand. Er trug den Stempel »Erhalt durch Kunden« und dazu das Datum vom Montag. Van Ostens Sekretärin hielt ihre Unterlagen auf dem laufenden.
Ein zweiter Auftrag, für die spätgotischen Gemälde, zeigte, daß die Sendung am morgigen Tag eintreffen sollte. Er trug außerdem den Namen eines Spediteurs. Eine handschriftliche Notiz besagte, daß die Lieferanweisungen am Dienstag dieser Woche geändert worden waren. Die Sendung sollte direkt an van Osten Imports gehen und nicht an Joan Albritton, Antiquitäten. Im Licht meiner Taschenlampe schrieb ich mir die Informationen ab.
Ich wußte jetzt, wie der Schmuggel bewerkstelligt worden war, dennoch versäumte ich es nicht, das Büro zu durchsuchen. Ich fand nichts; van Osten trug wahrscheinlich wie die meisten Geschäftsleute wichtige Papiere in seiner Aktentasche. Auch der Schreibtisch der Sekretärin war unergiebig. Am Ende sah ich mir noch den Wandschrank mit dem Büromaterial an.
Der Karton stand auf dem Boden, als warte er nur auf mich. Auf dem Etikett stand als Absender die Firma Giannini & Barducci, Rom, als Lieferadresse Joan Albritton, Antiquitäten, San Francisco, Kalifornien.
Eng gestapelt lagen die kleinen Gemälde darin. Als ich eines herausnahm, bemerkte ich sofort den Unterschied sowohl im Gewicht als auch in der Qualität zu dem Bellini. Ich kniete nieder und zählte die Bilder. Es waren neunundvierzig.
Joan mußte eines herausgenommen und Edwin zum Ansehen aufgehängt haben, so daß der Mörder es übersehen hatte. Diesen Karton hatte er in der Mordnacht mitgenommen. Und wegen des Bellinis war er zurückgekommen. Nur um feststellen zu müssen, daß das Bild verschwunden war.
Angst packte mich plötzlich. Ich stand auf und lauschte in die Stille hinein, die auf einmal so unheimlich wurde. Ich mußte schleunigst hier weg, wenn ich mich nicht weiter in Panik hineinsteigern wollte.

21

Von einer öffentlichen Telefonzelle aus rief ich bei der Polizei an. Marcus war nicht im Dienst, hatte aber seine Privatnummer für mich hinterlassen. Ich rief ihn dort an und sagte, ich wolle sofort mit ihm sprechen. Er meinte, ich solle zu ihm kommen, und erklärte mir, wie ich fahren mußte.

Zwanzig Minuten später stieg ich vor einem kleinen rostbraunen Holzhaus, das an einem Hang klebte, aus meinem Auto. Ich ging hinauf und läutete. Ein Licht flammte auf, Greg Marcus öffnete mir.

Er warf mir nur einen kurzen, forschen Blick zu, dann bat er mich hinein.

»Nun sagen Sie mir bloß nicht, daß Sie den Fall schon gelöst haben, Sie cleveres Indianerbaby.«

Ich ärgerte mich über das »Indianerbaby«, sagte aber nichts.

»Doch, praktisch schon. Ich habe ein paar zusätzliche Faktoren aufgedeckt, die die Sache etwas komplizieren.«

»Das hat mir gerade noch gefehlt. Ich kann Sie wohl nicht dazu überreden, brav nach Hause zu gehen und sich um Ihre Angelegenheiten zu kümmern?«

»Das haben Sie gestern schon versucht.«

»Das war eine Drohung, kein freundliches Zureden.«

Wir standen in dem großen Vestibül, das beinahe die Hälfte des Erdgeschosses einzunehmen schien. Die andere Hälfte gehörte wahrscheinlich der Garage, während die Wohnräume vermutlich im ersten und zweiten Stock lagen. Eine Wand war mit einem großen Gemälde geschmückt, das einen weizengelben Hügelhang mit dunkelgrünen Bäumen zeigte.

»Das ist ein schönes Wandgemälde«, bemerkte ich.

»Ja, das hat eine Freundin gemalt, die mit dem Kunstverständnis, von der ich Ihnen schon erzählt habe. Sie kopierte Cézanne nicht schlecht.«

Er ging mir voraus zum Wohnzimmer hinauf. Nach hinten

war der Raum einem üppigen Garten mit Büschen und Rankgewächsen geöffnet, die in Kaskaden den Hang hinabfielen. Vorn hatte man Blick auf die Lichter der Stadt. Vor dem offenen Kamin, in dem ein Feuer brannte, standen zwei bequeme Sessel und ein langer, niedriger Tisch. Auf dem Tisch standen Teekanne und zwei Tassen aus Keramik.
»Das ist ein wunderschönes Haus«, sagte ich. »Und der Garten – eine Pracht.«
»Es freut mich, daß es Ihnen gefällt. Den Garten habe ich größtenteils meiner geschiedenen Frau zu verdanken. Mir scheint, ich habe eine besondere Anziehungskraft für Frauen, die gern etwas zur Verschönerung von Heim und Garten tun.«
»Wie angenehm für Sie«, sagte ich trocken.
Er ignorierte meinen Sarkasmus und sagte: »Wie wär's, wenn wir beide ein Liebespaar werden würden? Dann könnten Sie auch was für das Haus tun.«
Ich starrte ihn sprachlos an.
»Machen Sie nicht so ein entsetztes Gesicht. Man hat mir immer gesagt, daß ich so übel gar nicht bin. Wie würden Sie diesen Raum verschönern?«
»Mit einer Revolversammlung.«
»Ja, es ist eben der feine weibliche Touch, der dem Heim erst die richtige Atmosphäre gibt«, sagte Marcus.
Wir lächelten beide ein wenig zaghaft. Unsere kurze Bekanntschaft hatte eine unerwartete Wendung genommen.
»Ich dachte mir, Sie hätten vielleicht gern eine Tasse Tee«, bemerkte Marcus und deutete auf einen der Sessel. »Ich wollte mir gerade ein Brötchen toasten, als Sie anriefen. Für Sie auch eines? Mit Sahnekäse.«
Ich dachte an die Cannelloni, die ich beim Mittagessen mit Cara Ingalls verspeist hatte.
»Gern, ja. Ich hab nämlich wieder mal das Essen vergessen.«
Er lachte und verschwand in der Küche nebenan.
Ich starrte ins Feuer und überlegte, wie ich ihm meine

Geschichte von Kunstdiebstahl und Schmuggel am glaubhaftesten präsentieren konnte. Als Marcus mit den getoasteten Brötchen wiederkam, stürzte ich mich fast wie ein ausgehungerter Tiger auf das meine, und es war mir gleich, wie das wirkte.
Immer noch hoffend, daß ich zur Präsentation meiner Geschichte urplötzlich einen glänzenden Einfall haben würde, sagte ich, um Zeit zu gewinnen: »Was ist denn aus Ihrer Frau geworden?«
Marcus sah mich etwas verdutzt an.
»Als Privatdetektivin haben Sie wohl das Recht, neugierig zu sein, wie? Sie hatte es satt, mit einem blöden Bullen verheiratet zu sein, und fing an, Jura zu studieren. Sie hat dann sogar unsere Scheidung durchgebracht.«
Er schien darüber nicht allzusehr bekümmert. Und ein »blöder Bulle« war er nun wirklich nicht.
»Und Ihre Kunstfreundin?«
»Ich lehnte ihren Antrag ab, einen braven Ehemann aus mir zu machen, und da rauschte sie beleidigt ab.«
»Natürlich. Frauen lassen sich nicht gern einen Korb geben.«
Ich kaute mein Brötchen und leckte mir so dezent wie möglich die Fingerspitzen ab. Marcus beobachtete mich belustigt. Meine Mutter hätte einen Anfall bekommen, wenn sie hätte erleben müssen, wie ihre wohlerzogene Tochter mit vollem Mund sprach.
Als ich den letzten Bissen verschlungen hatte, sagte ich: »Der Mörder ist Oliver van Osten.«
»Was? Der Antiquitätenhändler?«
Ich korrigierte ihn. »Er handelt nur mit Nachahmungen.«
»Ach ja, richtig. Wie kommen Sie denn auf den?«
Ich erläuterte ihm van Ostens Geschäfte, berichtete von Joans Einkäufen bei ihm, von dem gestohlenen Meisterwerk, das ich in dem Laden in der Salem Street entdeckt hatte. Als ich zur Methode des Schmuggels kam, wie man

die echten Gemälde in Sendungen zollpflichtiger Nachahmungen versteckt ins Land eingeschleust hatte, beugte sich Marcus voller Interesse vor.
»Van Osten hat in Europa einen Komplicen«, sagte ich. »Es ist wahrscheinlich jemand von der italienischen Firma. Er nimmt die gestohlenen Gemälde in Empfang und bringt sie in den Sendungen an Joan unter. Beim Zoll merken sie nichts, weil sie da nach Nachahmungen schauen, die für echt ausgegeben werden.
Ich denke, es war folgendermaßen: Wenn die Gemälde in der Salem Street eintrafen, gab Joan van Osten Bescheid, der dann wiederum den Sammlern signalisierte, daß sie ihre Sachen abholen können. Keines der geschmuggelten Kunstwerke gelangte je in van Ostens Büro, so daß er nie in direkter Verbindung mit dem Unternehmen stand. Ein Importeur wäre leicht verdächtig geworden, aber nicht ein billiger Antiquitätenladen.«
»Angenommen, das stimmt alles«, wandte Marcus ein, »warum sollte Joan Albritton sich auf eine solche Sache eingelassen haben?«
»Weil sie Geld brauchte, um ihrem Enkel die Musikschule in New York zu finanzieren. Und so wie ich Joan kannte, war sie eine romantische Seele. Diese Schmuggelgeschichte hat sicher so eine Saite bei ihr angeschlagen.«
Marcus nickte gedankenvoll.
»So weit, so gut. Aber warum macht sie nach dem Tod des Jungen weiter?«
»Ich denke mir, anfangs glaubte sie, zu tief drin zu stecken, um einen Rückzieher machen zu können«, sagte ich. »Aber dann wurden die Häuser zum Abriß freigegeben, und sie wußte, sie würde umziehen müssen. Charlie meinte, sie sprach davon, sich vom Geschäft zurückzuziehen. Vielleicht hat van Osten sie getötet, weil sie nicht mehr mitmachen wollte.«
Marcus schüttelte den Kopf.
»Ich glaube, er hätte jederzeit jemand anderen gefunden, der

ihren Part übernommen hätte. Joan zu töten, wäre zu riskant gewesen und hätte im Grunde nichts gebracht.«

»Kann sein, aber es gibt noch einen anderen Punkt. Vielleicht dachte van Osten, sie hatte die Absicht, ihn bei dem Grundstücksverkauf reinzulegen.«

»Bei dem Grundstücksverkauf? Sie haben nichts davon gesagt, daß van Osten an dem Grund interessiert war.«

»Direkt sicher nicht. Aber ich glaube, er und Harmon sind Partner. Harmon, der mit dem Grund ungefähr die gleichen Pläne hatte wie die Firma Ingalls, wollte Joan doch einen Laden zu reduziertem Preis vermieten. Das wissen Sie, nicht wahr? Sie hätte dann wesentlich mehr Ware und natürlich auch wesentlich mehr gestohlene Gemälde lagern können.«

»Hm. Dann ist Harmon vielleicht auch in die Schmuggelgeschichte verwickelt«, brummte Marcus.

»Wahrscheinlich war er's nicht von Anfang an, aber es ist möglich, daß er von Joan darüber erfahren hat, als er sie nach Christophers Tod so häufig besuchte. Daraufhin kann er dann van Osten unter Druck gesetzt und einen Anteil verlangt haben.«

»Glauben Sie, daß Harmon von Anfang an hinter den Grundstücken her war? Hätte er denn so viel Geld zusammenbringen können?«

»Wer weiß. Aber ich bin ziemlich sicher, daß die ersten Brandstiftungen auf sein Konto gehen, obwohl er sich alle Mühe gab, die Western Addition Credit Union in Verruf zu bringen. Charlie ist der gleichen Meinung wie ich. Er sah zweimal kurz vor dem Ausbruch eines Feuers unseren Freund Frankie in der Gegend.«

»Aber warum hat Harmon dann neulich abends die Ziegelsteine in Cornishs Schaufenster geworfen, wenn doch alles abgemacht war?«

»Das war er nicht. Das war der Mörder. Er wollte mich damit aus dem Laden locken, um sich den Bellini holen zu können. Van Osten hat die Ziegelsteine geworfen. Ich erkannte ihn, als ich seinen Schatten am Fenster seiner Wohnung sah. Ich glaube außerdem, daß er Bigbys Laden ansteckte, um Ihren Beamten von Joans Geschäft wegzulocken. Da es ja vorher schon solche Anschläge gegeben hatte, hoffte er, man würde auch dieses Feuer den ursprünglichen Tätern zuschreiben.«

»Das klingt so ausgefallen, daß es wahr sein könnte«, meinte Marcus. »Wo paßt Cornish ins Bild?«

»Nirgends.« Ich berichtete, was ich von Charlie über die Ereignisse in der Mordnacht erfahren hatte.

»Der arme Teufel«, sagte Marcus, als ich geendet hatte. »So eine traurige Geschichte erfindet man nicht. Aber zurück zu van Osten – warum hat er den Bellini nicht gleich in der Mordnacht mitgenommen und sich den ganzen Ärger erspart?«

»Er wollte es ja. Er nahm den Karton mit den anderen Bildern mit, aber Joan hatte den Bellini schon herausgenommen und an Edwins Wand gehängt. Auch das wäre ein möglicher Grund für ihre Ermordung: Vielleicht wollte sie den Bellini nicht herausrücken. Warum hätte sie ihn sonst aufgehängt?«

Marcus sah mich scharf an. »Sie haben mir keinerlei konkrete Beweise vorgelegt. Woher wissen Sie, daß er den Karton mitgenommen hat?«

»Ich habe ihn gesehen. Er steht im Wandschrank in seinem Büro, und aus seinen Unterlagen geht hervor, daß er am Montag an Joan Albritton geliefert worden war.«

Er runzelte die Stirn. »Die Unterlagen«, sagte er langsam, »haben Sie wohl auch gesehen?«

»Na ja –«

Er hob abwehrend die Hand.

»Sagen Sie's mir nicht. Ich will es nicht wissen. Aber mit dem Karton und den Unterlagen haben Sie vielleicht doch konkretes Beweismaterial.«

»Es kommt außerdem noch mehr. Morgen ist nämlich eine zweite Lieferung fällig. Ursprünglich sollte sie wieder an

Joan gehen, aber van Osten hat die Anweisung am Dienstag geändert, so daß die Sendung nun an ihn geliefert wird.«
Ich zog mein Notizbuch heraus und las ihm die Einzelheiten vor.
Jetzt wurde Marcus direkt aufgeregt.
»Alle Achtung, das ist ja ausgezeichnet. Wir müssen uns van Ostens Büro vornehmen, ehe er die Gemälde und seine Unterlagen vernichten kann. Und ich setze mich mit dem Zoll in Verbindung, damit wir diese zweite Lieferung untersuchen können, sobald sie –«
Das gedämpfte Läuten des Telefons unterbrach ihn. Er sprang auf und ging in die Küche. Ich lehnte mich in meinem Sessel zurück und sah höchst befriedigt mit mir selbst dem Spiel der Flammen im Kamin zu. Der Fall war praktisch erledigt.
»Wenn van Osten wirklich Joan Albritton ermordet hat«, sagte Marcus unvermittelt hinter mir, »dann hat er jetzt seine gerechte Strafe bekommen.«
Ich drehte mich um. »Was soll das heißen?«
Er war schon dabei, aus einem kleinen Schrank seinen Trenchcoat herauszuholen.
»Van Osten ist tot. Er wurde in seiner Wohnung ermordet. Ich fahre jetzt hin.«
Ich sprang auf, packte meine Tasche und meine Jacke.
»Was haben Sie denn vor?« fragte Marcus.
»Ich dachte – na ja, ich kann ja nach Hause fahren – oder–«
»Oder mitkommen.« Er betrachtete mich halb nachdenklich, halb skeptisch, dann zuckte er die Achseln. »Na schön, meinetwegen. Ich hab noch nie eine junge Frau gekannt, die sich mit solcher Leidenschaft Leichen angesehen hat. Aber wenn Sie unbedingt wollen – bitte!«

Vor dem braunen Haus in der Point Lobos Avenue parkte Marcus in zweiter Reihe neben einem blau-weißen Polizeifahrzeug. Ich sprang aus dem Wagen und lief ihm nach; ich wollte ihn nicht verlieren. Nur mit ihm hatte ich Zugang zum Tatort.
Die Haustür stand offen, Neugierige, viele in Morgenröcken, drängten sich im Flur. Marcus bahnte sich einen Weg, und ich folgte. Immer zwei Stufen auf einmal nehmend, lief er die Treppe hinauf; ich ihm dicht auf den Fersen.
In Wohnung fünf waren die Leute von der Spurensicherung schon eifrig an der Arbeit. Mein Blick flog sofort auf die zugedeckte Gestalt und die Blutspritzer auf dem blaßgelben Teppich. Es war sehr viel Blut geflossen. Ich blieb an der Tür stehen und hielt den Atem an.
Marcus drehte sich um, nahm mich zum erstenmal wieder wahr, winkte mich herein.
»Ich verlasse mich darauf, daß Sie die Leute hier nicht bei der Arbeit stören und nichts anrühren.«
Ich nickte nur.
»Gut.« Er gab mir einen leichten Klaps auf die Schulter, drückte kurz und wandte sich dann einem Mann in Zivil zu, der offensichtlich mit ihm sprechen wollte. Es schien einer seiner Beamten zu sein. Während die beiden Männer miteinander sprachen, sah ich mich um.
Das Zimmer war zum Teil mit sachlich modernen Stücken, zum Teil mit sehr schönen Antiquitäten eingerichtet, die so placiert waren, daß sie sofort Aufmerksamkeit auf sich zogen. Van Osten hatte, was sein Büro nicht ahnen ließ, einen ganz ausgezeichneten Geschmack gehabt; an diesem Abend allerdings sah es in seiner Wohnung aus, als wäre ein Trupp Hunnen hier eingefallen.
Schubladen standen offen, Polstermaterial quoll aus klaffenden Wunden in Sessel- und Sofabezügen, Bilder waren von den Wänden gerissen. Sogar der Papierkorb war ausgeleert.

Ich fühlte mich an die Verwüstungen in Joans Laden erinnert.
Marcus kam wieder zu mir und sagte leise: »Der gleiche *modus operandi* wie bei Joan Albritton. Der Arzt sagt, die Verletzung könne durch dieselbe Waffe verursacht worden sein. Nach den Blutspuren zu urteilen, muß er vornüber gestürzt sein, nachdem das Messer ihn getroffen hatte, und dann versucht haben, dem Mörder nachzukriechen. Das Messer hat die Halsschlagader durchbohrt, deshalb das viele Blut.«
Ich schluckte; mir war die Kehle trocken.
»Mit der langen Klinge war das sicher ganz einfach.«
»Richtig«, bestätigte er. »Der Mörder wußte offenbar genau, was er tat. Es ist nur eine einzige Stichwunde.«
»Van Osten muß ihn gekannt haben. Meiner Ansicht nach war er ein mißtrauischer Mensch, der einen Fremden sicher nicht so nah an sich herangelassen hätte. Oder ist es möglich, daß er jemanden überraschte, als der Betreffende die Wohnung durchsuchte?«
»Das bezweifle ich. Die Nachbarn haben ausgesagt, daß er den ganzen Abend zu Hause war, und die Stereoanlage lief.«
»Wer hat ihn gefunden?« fragte ich.
»Die Frau von gegenüber. Die beiden waren anscheinend ziemlich gut befreundet. Sie kam herüber, um ihn zu fragen, ob er auf ein Glas zu ihr kommen wolle. Das Radio spielte, aber er kam nicht an die Tür. Das beunruhigte sie, und sie öffnete die Tür mit ihrem Schlüssel.« Marcus sah zu der Stereoanlage hinüber, die an der Wand stand. »He, Gallagher«, sagte er zu einem der Beamten, »auf welche Lautstärke war das Ding eingestellt?«
»Stand ungefähr auf fünf.«
Marcus nickte. »Das ist so laut, daß es so ziemlich alle anderen Geräusche übertönt.«
Er trat zu dem Toten. Ich blieb erst zurück, folgte dann widerwillig. Marcus hob einen Zipfel des Leintuchs, und ich

sah van Osten, wie er bäuchlings dalag, den Kopf zur Seite gedreht, einen Arm ausgestreckt, die Finger in einem letzten verzweifelten Versuch zu greifen gespreizt. Das Gesicht war eine Maske des Entsetzens, die Augen waren starr. Selbst im Tod waren diese Augen ausdrucksleer.
Ich holte einmal tief Atem, und Marcus sah mich an.
»Geht's?«
Ich zitterte und hatte Angst, ich würde zu hyperventilieren anfangen. Ich zwang mich, flach und in geräumigen Abständen zu atmen.
»So gut, wie Sie dachten, gefallen Ihnen Leichen wohl doch nicht, hm?« fragte er sachte.
»Mir haben Leichen noch nie gefallen, auch wenn ich schon einige gesehen habe.«
»Mir auch nicht.« Er ließ das Tuch herabfallen und führte mich von dem Toten weg zu Gallagher, den er nach den Nachbarn fragte.
Gallagher berichtete, keiner hätte etwas gehört.
»Das Wäldchen auf der anderen Straßenseite schirmt das Haus ziemlich gut ab. Auf fremde Autos achten die Leute hier nicht, weil drüben an der Ecke gleich ein Motel ist und ein Stück weiter das Cliff House.«
»Und wie ist es mit Autos, die bekannt sind?« fragte ich. »Ist vielleicht jemandem ein Wagen aufgefallen, der häufig kam?«
Gallagher sah mich verdattert an. Er war ein äußerst ernsthafter junger Mann, und es machte ihm unverkennbar zu schaffen, daß er einfach nicht dahinterkam, was ich hier zu tun hatte. Nach ein paar Sekunden verneinte er meine Frage.
Marcus sah mich mit einem Schimmer von Belustigung an und sagte: »Sie denken das gleiche wie ich, hm?«
»Ja. Van Ostens wahrscheinlicher Partner war mindestens einmal hier, vielleicht auch viel öfter. Er könnte den Verdacht gehabt haben, daß van Osten den Bellini an sich genommen hatte. Schauen Sie doch, wie die Gemälde aufge-

schlitzt worden sind. Ganz vorsichtig.« Ich wies auf die Schnitte in einem der auf dem Boden liegenden Bilder.
Marcus nickte. »Vorsichtig, um das, was sich eventuell darunter verbarg, nicht zu beschädigen.« Einen Moment lang blickten wir stumm auf das Bild hinunter, dann sagte Marcus: »Gut, Gallagher hat hier alles unter Kontrolle. Ich schlage vor, wir sprechen jetzt mal mit der Freundin, dieser Dorothy Brosig.«
Wir gingen in die Wohnung gegenüber. Eine zierliche, dunkelhaarige Frau in einem blauen Chenillebademantel saß mit gesenktem Kopf auf der Couch. Als wir kamen, schaute sie uns an. Ihr Gesicht war tränennaß. Sie war etwa Anfang Dreißig, attraktiv auf eine recht herbe Art.
»Mrs. Brosig?« Marcus' Stimme war teilnahmsvoll. »Ich bin Lieutenant Marcus vom Morddezernat, und das ist Miss McCone. Wir würden Ihnen gern einige Fragen stellen.«
Sie zuckte müde die Achseln.
»Ich habe dem anderen Beamten schon alles erzählt, aber bitte, fragen Sie, wenn es sein muß.«
»Danke.« Marcus setzte sich auf das Sofa, ich hockte mich auf die Kante des nächststehenden Sessels. »Erwarteten Sie, Mr. van Osten heute abend zu sehen?«
Sie seufzte. »Wir hatten keine festen Pläne, aber wir tranken abends oft ein Glas zusammen.«
»Mr. van Osten hatte also Ihres Wissens vor, den Abend zu Hause zu verbringen?«
»Nein. Ich dachte, er wäre verabredet, aber ich hatte mich anscheinend getäuscht. Als ich nach Hause kam, brannte Licht bei ihm, und das Radio lief.«
»Wann war das?«
»Gegen neun. Ich habe Überstunden gemacht – ich bin bei der Crocker Bank. Ich hatte mir etwas zu essen mitgebracht. Nachdem ich gegessen hatte, zog ich mich um und ging zu Oliver hinüber. Aber – er war tot.« Tränen schossen ihr in die Augen.

Marcus nickte mitfühlend. »Warum glaubten Sie, Mr. van Osten wäre für den Abend verabredet gewesen?«
»Ach, das war eigentlich nur eine Vermutung. Ich schloß es aus einer Bemerkung, die er machte, als er mich heute nachmittag im Büro anrief. Wissen Sie, wir wollten gemeinsam nach Mexiko reisen, und ich sollte über das Reisebüro der Bank alles buchen. Heute nachmittag rief Oliver an und sagte, ich solle noch warten, weil er noch ein Geschäft laufen hätte und nicht wisse, wie lang er für den Abschluß brauchen würde. Er sagte, er würde vielleicht heute abend schon mehr wissen, ganz sicher aber bis zum Wochenende. Daraus schloß ich, daß er vorhatte, jemanden zu treffen.«
Marcus und ich tauschten einen Blick. Die letzte Sendung an Joan Albritton würde bis zum Wochenende hiersein.
»Hat er etwas darüber gesagt, was das für ein Geschäft war?« fragte Marcus Dorothy Brosig.
»Nein. Wir sprachen kaum über geschäftliche Dinge. Ich kannte nicht einmal seine Kunden, außer der alten Dame.«
»Welche alte Dame?« fragte Marcus.
»Die, die neulich nachts umgebracht wurde. Ich meine, ich kannte sie nicht persönlich, aber ich hatte von ihr gehört. Oliver sagte, sie wäre eine gute Kundin gewesen, und durch ihren Tod würde er eine ziemliche Einbuße erleiden.« Dorothy runzelte die Stirn. »Und dann machte er eine ganz merkwürdige Bemerkung. Er sagte nämlich, wenn einem jemand eine Zitrone in die Hand drücke, dann solle man sie ausquetschen und Saft machen. Genau das würde er tun, erklärte er. Aus dem Tod der alten Dame Saft machen.«
»Fragten Sie ihn auch, was er damit meinte?«
»Ich? Nein!« Dorothy schien beinahe entsetzt. »Das ging mich doch nichts an. Sehen Sie, Oliver redet – redete gern, aber im Grund sprach er nicht mit mir, sondern mit sich selber.«
Sie war die ideale Frau für van Osten: gehorsam, nicht

neugierig und nicht allzu intelligent. Ich revidierte meine frühere Theorie. Es hörte sich jetzt so an, als hätte van Osten Joan nicht selbst getötet, aber den Mörder gekannt.
Marcus fragte weiter. Ob Dorothy an diesem Abend jemanden gesehen, ob sie etwas gehört hätte? Wer van Ostens Freunde waren. In welcher seelischer Verfassung er in letzter Zeit gewesen war. Wie es um seine Finanzen stand. Ihre Antworten waren unergiebig.
Schließlich stand Marcus auf, bat sie, sich zu melden, wenn ihr noch etwas Wichtiges einfallen sollte, und verabschiedete sich. Gemeinsam gingen wir aus dem Haus. Die Neugierigen hatten sich inzwischen zerstreut.
Als wir im Wagen saßen, trommelte Marcus eine Weile schweigend aufs Steuerrad. Schließlich sagte er: »Haben Sie auch soeben Ihre Ansicht geändert?«
»Sie meinen, ob ich glaube, daß Ben Harmon beide getötet hat? Ich weiß nicht.«
Marcus sah mich nachdenklich an und erwiderte: »Also, heute abend schicke ich erst einmal meine Leute in van Ostens Büro, und morgen setze ich mich mit den Freunden vom Zoll in Verbindung und nehme die Lieferung für van Osten in Empfang. Ich werde sie durchsuchen lassen, und wenn das mit der Schmuggelei stimmt, lasse ich Harmon festnehmen. Vielleicht wird er weich, wenn ihm klar wird, daß wir von seiner Beziehung zu van Osten wissen. Es wäre schön, wenn ich das Messer mit dem Beingriff bei ihm finden würde.«
Er ließ den Wagen an, wendete und fuhr zur Stadt zurück. Ich fühlte mich plötzlich völlig ausgepumpt und döste vor mich hin, bis er vor seinem Haus anhielt.
»Haben Sie Lust, noch auf einen Drink hereinzukommen?« fragte er.
Ich überlegte, schüttelte dann den Kopf. »Jetzt noch Alkohol, und ich wäre völlig am Boden zerstört. Nein, jetzt brauche ich erst mal eine Mütze voll Schlaf.«
Er sah mich mit einem langen, sinnenden Blick an, dann

beugte er sich herüber, als wollte er mir die Tür öffnen. Er hielt inne, den Arm um meine Schultern.
»Wenn diese Sache erledigt ist«, sagte er, »würde ich Sie gern wiedersehen. Privat. Ich kann Ihnen eine Menge über Rembrandt und Cézanne beibringen und...« Er zögerte.
Ich neigte den Kopf nach rückwärts und sah ihm in die Augen. Sie waren ernst. »Und?«
»Und Sie können mir auch einiges beibringen.« Er sagte es beinahe grollend.
Ich hätte gern gelächelt, aber ich spürte, daß er Mühe hatte, seine Gedanken auszusprechen.
»Zum Beispiel?« fragte ich.
»Na ja, wie das so ist mit zwei starken Menschen...« Wieder hielt er inne, ohne aber dabei den Blick von mir zu wenden. »Ich meine, wie zwei solche Menschen miteinander leben können, ohne sich gegenseitig ständig niederzumachen oder sich zu zerfleischen.«
Ich lächelte. »Ich wäre bereit, das mal zu versuchen.«
Sein Kuß war ein Angebot, keine Forderung. Ich nahm es an.
Ich lehnte meinen Kopf an seinen Arm, benommen von einer Mischung aus Erschöpfung und Verlangen. Aber Greg schaffte es so wenig wie ich, sich über längere Zeiten von seiner Schokoladenseite zu zeigen. Seine Lippen streiften mein Ohr, und er flüsterte: »Lieber Himmel, Indianerbaby, ich weiß nicht, ob du meinem männlichen Charme erliegst oder einfach einschläfst.«
Ich fuhr zornig in die Höhe.
»Ihnen fehlt es offensichtlich an Feingefühl. Und hören Sie endlich auf, mich dauernd Indianerbaby zu nennen. Das ist ja rassistisch.«
»Und sexistisch dazu«, entgegnete er lachend und rückte von mir weg.
Ich riß die Tür auf und stieg aus. Greg folgte.
»Ich sehe schon, ein friedliches Dahintreiben wird unse-

rer Beziehung nicht gegönnt sein«, sagte er, das alte sarkastische Lächeln auf den Lippen.
»Da haben Sie garantiert recht.« Ich setzte mich in meinen Wagen, schnallte mich an und startete den Motor.
»Wenn mir vor zwei Tagen jemand gesagt hätte, daß ich mich von diesem Ekel küssen lasse«, murmelte ich hörbar, »hätte ich ihn als armen Irren bezeichnet.«
Dann wendete ich mit quietschenden Reifen und fuhr heim in mein Bett.

23

Ich konnte die ganze Nacht nicht schlafen. Sobald ich einen Parkplatz in der Nähe meines Hauses gefunden hatte, fiel mir Paulas Bemerkung ein, daß ich ein Gemälde im Wert von mehr als hunderttausend Dollar durch die Gegend kutschierte. Ich nahm den Bellini aus dem Kofferraum und rannte mit dem immer noch in die Decke gehüllten Bild die Straße entlang.
Warum hatte ich es nicht wie ursprünglich beabsichtigt Greg übergeben? Vor lauter Schreck über van Ostens Ermordung war mir das völlig entfallen. Mir zitterten die Hände, als ich aufsperrte, und mehrmals sah ich ängstlich über meine Schulter nach rückwärts.
In der Wohnung packte ich das Bild aus und stellte es auf einen Stuhl. Die Madonna und das Kind strahlten mich an, sanft leuchtend vor dem goldenen Hintergrund. Ich versenkte mich in der Bewunderung des Gemäldes, bis Schritte im Hinterhof mich in die Realität zurückholten.
Schritte im Hof waren völlig normal. Der Hof war eine beliebte Abkürzung, und im allgemeinen achtete ich nicht auf Passanten. Aber ich hatte ja im allgemeinen auch keinen Bellini in meiner Wohnung. Ich wickelte das Bild wieder ein und schob es unter mein Bett. Dann zog ich mich aus und schlüpfte unter die Decke.

Ich fand keinen Schlaf. Ich wälzte mich hin und her, knipste das Licht an, knipste es wieder aus. Meine Gedanken wanderten von dem Bellini zu der neuen Beziehung, die ich mir da offenbar zugezogen hatte. Ja, zugezogen, das war das richtige Wort; wie eine Krankheit. Ich konnte mir jedenfalls nicht vorstellen, daß die Beziehung zu Greg Marcus für mich gesund sein könnte. Er war ein eigenwilliger, dominanter Mann, und ich war eine gleichermaßen eigensinnige Frau. Vielleicht gab es Leute dieses Schlags, die in Harmonie miteinander leben konnten; wir beide, argwöhnte ich, gehörten mehr zu den Typen, die sich das Leben gegenseitig schwermachen mußten.

Gegen drei Uhr morgens hörte ich draußen wieder Geräusche und verbrachte eine angstvolle Stunde mit dem quälenden Gedanken, Harmon könnte seinen spanischen Schläger wieder hergeschickt haben. Wenn Harmon Frankie aufgetragen hatte, die Brände in der Salem Street zu legen, konnte er ihn auch zum Mord an van Osten angestiftet haben, konnte er ihm auch den Auftrag gegeben haben, mich zu ermorden. Als es endlich Morgen wurde, war ich ein Nervenbündel.

Als ich um halb zehn Greg anrufen wollte, in der Hoffnung, er würde mich zum Hafen mitnehmen, wenn ich ihm den Bellini anbot, läutete das Telefon. Das Schiff, sagte Greg, läge an Pier 97. Er war dort um elf mit einem Zollinspektor verabredet. Ob ich mitkommen wolle?

Aber natürlich. Ich ließ meinen Kaffee stehen und zog mich an.

Zwanzig Minuten später läutete es. Greg sah frisch und munter aus. »Morgen«, sagte er und gab mir einen Kuß auf den Scheitel, ehe er höchst selbstsicher, beinahe besitzergreifend in meine Wohnung stolzierte. Ich folgte ihm mit zusammengekniffenen Augen.

»Nicht schlecht für ein Indianerbaby.« Er inspizierte den malerischen Blick in den Hinterhof und drehte sich um. »O nein!« rief er hastig. »Werd jetzt nicht gleich wieder wütend. Dazu ist es noch viel zu früh am Tag. Wo ist der Bellini?«

»Unter dem Bett.«
»Was tut er unter dem Bett?«
»Da hab ich ihn gestern abend versteckt. Und dann konnte ich nicht schlafen.«
Er lachte. »Du siehst auch nicht ausgeschlafen aus. Ich dachte, das Bild wäre sicher im de Young Museum. Wenn ich gewußt hätte, daß du es hast, hätte ich es bei mir aufbewahrt. Aber dann hätte *ich* nicht geschlafen.«
»Jeder ist sich selbst der Nächste«, murmelte ich und holte das Bild unter dem Bett hervor.
Greg packte es aus und pfiff leise.
»Mensch, der ist wirklich echt. Kein Wunder, daß du nervös warst.«
»Das siehst du gleich so?«
»Ich hätte das Bild nicht als eines von Bellini erkennen können, wenn ich mir nicht gleich heute morgen den Zeitungsartikel hätte heraussuchen lassen, von dem deine Freundin gesprochen hatte. Da war auch eine Abbildung des gestohlenen Triptychons dabei. Aber die Qualität des Gemäldes an sich... Es hat eine Aura...« Er hielt inne. »Du findest mich bestimmt kurios – ein Polizist, der sich für Kunst begeistert.«
»Ich gebe zu, du entsprichst nicht meinen Klischeevorstellungen.«
»Ich hatte aber auch eine gute Lehrerin, und ich habe mein Interesse dann selbständig weitergepflegt.« Einen Moment lang wirkte er sehr nachdenklich. Dann sagte er: »Gehen wir.«
Inspektor Ed Windfeldt von der Zollfahndung, ein großer, grauhaariger Mann mit einem schmalen, etwas bitter wirkenden Mund, erwartete uns vor Pier 97 und setzte sich zu uns in den Wagen. Er hielt dem uniformierten Wächter seinen Ausweis unter die Nase, und der winkte uns zu einem Parkplatz innerhalb des Piers.
Als wir ausgestiegen waren, sagte Windfeldt kurz: »Warten Sie hier. Ich gehe mit dem Durchsuchungsbefehl hinüber

und sehe, ob sie die Kiste gefunden haben.« Selbst seine Haltung war grimmig entschlossen, als er davonging.
Ich lehnte mich an den Wagen und sah zum gewölbten Dach des Piers hinauf. Es war ein gewaltiger Bau, voll von Fahrzeugen und Ladegütern. Die Geräusche der Motoren und die Stimmen der Dockarbeiter schallten durch die kühle Luft. Mich fröstelte, mehr aus Erregung als vor Kälte. Greg warf mir einen verständnisvollen Blick zu.
»Jetzt dauert es nicht mehr lang. Wenn plötzlich alles paßt, weiß man, daß alle Mühe sich gelohnt hat, nicht?«
»Ja.«
»Auch Zusammenstöße mit tyrannischen Bullen?«
»Sogar die.«
Er betrachtete mich aufmerksam.
»Privatdetektive sind komische Leute.«
»Tyrannische Bullen auch.«
»Da hast du recht. Hast du schon mal daran gedacht, zur Polizei zu gehen?«
»Ja, aber damals gab's für Frauen wenig Möglichkeiten. Polizeibeamtinnen waren auf die Schreibmaschine und das Jugenddezernat beschränkt.«
»Und weibliche Fähigkeiten wie Maschineschreiben kannst du wohl nicht vorweisen?«
Ich lächelte. »Nein, aber mit einer Achtunddreißiger kann ich ganz gemein schießen, und ich backe tolles Brot.«
Er lachte. »Gut, wenn du mir ein Brot bäckst, nehm ich dich nächste Woche mit auf unseren Schießplatz.«
»Abgemacht.«
»Vollkorn mit Kümmel?«
»Gern.« Ich sah Inspektor Windfeldt zurückkommen und drehte mich nach ihm um.
»Sie haben die Kiste gefunden«, berichtete er, »aber sie werden eine Weile brauchen, um den besonderen Karton zu finden. Kommen Sie.«
Er führte uns zwischen Türmen von Kisten hindurch. Einmal mußten wir stehenbleiben, um einen Gabelstapler vorbei-

zulassen. Ich fragte mich, ob der Inspektor immer so kurz angebunden war oder ihm unsere Entdeckung der Schmuggeloperation peinlich war.
Vor einer Holzkiste von gewaltigen Ausmaßen blieb Windfeldt stehen und winkte zwei Arbeiter herbei, die in der Nähe beschäftigt waren. Mit Stemmeisen in der Hand kamen sie.
Die Kiste war über zweieinhalb Meter hoch und fast zwei Meter breit.
»Wie wollen sie denn in dem Ding einen einzigen kleinen Karton finden?« fragte ich Greg.
»Das darfst du mich nicht fragen. Ich kenne mich da auch nicht aus.«
Die beiden Männer gingen mit ihren Stemmeisen an die Arbeit, um die uns zugewandte Seite der Kiste zu öffnen. Ich wich zurück, als Holz splitterte, die Seitenwand sich mit einem Ruck löste und krachend zu Boden fiel. Greg legte mir die Hand auf die Schulter, seine Finger bohrten sich in mein Fleisch. Ich warf einen Blick in sein Gesicht. Er sah ebenso gespannt und ungeduldig aus, wie ich es war.
»Der ganze verdammte Fall hängt von einem einzigen kleinen Bild in dieser Riesenkiste ab.«
Mit einem Konnossement in der Hand trat Windfeldt an die Kiste heran und begann, die Lieferscheine der sichtbaren Kartons zu prüfen.
»Sind die alle von dieser einen italienischen Firma?« fragte ich Greg und wünschte im stillen, er würde mir die Schulter nicht so zusammenquetschen.
Er nickte. »Van Osten hat große Geschäfte gemacht. Sein Bereich umfaßte ja fünf Staaten.«
»Warst du eigentlich schon in seinem Büro?«
»Ja, heute morgen in aller Frühe. Ich bin froh, daß du keine Spuren deines – Besuches hinterlassen hattest.«
»Welches Besuchs?« Ich sah ihn strahlend an und schob seine Hand weg, um meine schmerzende Schulter zu reiben.

Von der Kiste her rief Windfeldt: »Bis jetzt nur Nieten.« Er bedeutete den Arbeitern, eine andere Seite aufzumachen.
»Es würde mich interessieren, ob van Osten auch an anderen Orten Zweigstellen seines Schmuggelunternehmens hatte«, sagte ich.
»Ja, ich denke, den Zoll wird das auch interessieren.« Greg wandte den Blick nicht von der Kiste.
Wieder fiel krachend eine Seitenwand zu Boden, und Windfeldt verschwand hinter einer Ecke. Es ging mir langsam auf die Nerven, so untätig herumstehen zu müssen.
»Spricht etwas dagegen, daß wir beim Suchen helfen?« fragte ich Greg.
»Nein, sicher nicht.« Er winkte mir sogleich mitzukommen.
Ich ging zu dem Windfeldt gegenüber befindlichen Ende der Kiste. Die Kartons, auf den Seiten deutlich beschriftet, stapelten sich turmhoch vor mir. Ich machte den Hals lang und begann zu lesen. Und da hatte ich es schon. »Mrs. Joan Albritton, Antiquitäten.« Es befand sich direkt vor meiner Nase, in der zweiten Reihe von oben.
»Ich hab ihn!« rief ich.
Greg und Windfeldt schienen gleichermaßen verärgert. Sie hatten offenbar beide gehofft, sie würden die Entdeckung machen.
»Sag mal, hast du einen eingebauten Geigerzähler?« fragte mich Greg.
Wir gingen ein paar Schritte zurück, und die Arbeiter holten die Kartons heraus. In knapp einer Minute hatten sie den richtigen zur Hand und legten ihn vor uns auf den Boden. Wir sahen ihn an, als hätten wir Angst, er könne explodieren.
Greg sagte zu Windfeldt: »Also, Inspektor, er gehört Ihnen.«
Windfeldt lächelte überraschenderweise. »Nein, nein, Lieutenant, es ist doch Ihr Fall.«
»Nein.« Greg nahm das Messer, das Windfeldt ihm hinhielt.

»Es ist Miss McCones Fall.« Er reichte mir das Messer weiter.
Erst zögerte ich, dann nahm ich es. Unsere Finger berührten sich.
»Danke«, sagte ich.
Er schüttelte den Kopf. »Es ist ja wirklich dein Fall.«
Ich kniete nieder und schnitt das Klebeband auf, mit dem der Karton versiegelt war; ganz vorsichtig, um nichts zu beschädigen. Das restliche Band riß ich dann ab, bog die obere Klappe zurück und holte eine Ladung Holzwolle heraus, die ich neben mich auf den Boden legte.
Darunter befanden sich ordentlich aufgereiht die Bilder mit ihren billigen Goldrahmen. Ich nahm die ersten heraus. Vor ein paar Tagen noch hätte ich keine Ahnung gehabt, jetzt aber, wo ich den Bellini in Händen gehalten hatte, sah ich gleich, daß die Gemälde billige Kopien waren. Die anderen ging ich durch, ohne sie aus dem Karton zu nehmen. Lauter kitschige Dinger – bis auf ein Bild genau in der Mitte.
Ich zog es mit zitternden Händen heraus und hielt es hoch.
Ich hörte, wie Greg hinter mir einen Ausruf unterdrückte.
Die drei kostbar gekleideten Könige knieten im einfachen Stall und brachten ihre Gaben dar. Die Ehrfurcht und Ergebenheit in ihren Gesichtern waren lebendiges, zeitloses Zeugnis vom Glauben des Malers.
»Das gehört zu dem Bellini-Triptychon«, sagte Greg.
Ich sah zu ihm auf. »Dann schmuggeln sie also das ganze Gemälde ein.«
Er nickte. »Das ist die rechte Seitentafel des Altarbildes. Das weiß ich von der Illustration aus dem Zeitungsartikel.«
»Das heißt, es müßte noch eine Sendung kommen.«
»Ja, das kann sein.« Er wandte sich Windfeldt zu. »Können Sie uns gleich eine Art Kurzgutachten geben, Inspektor? Ich habe die Mitteltafel in meinem Wagen.«
Windfeldt lächelte grimmig. »Mit Vergnügen.«
Ich gab ihm das Gemälde, und wir gingen zu Gregs Wagen zurück. Der Inspektor brauchte nur Minuten, um festzustel-

len, daß die beiden Gemälde Teile ein und desselben Werkes waren.
»Das ist natürlich nur eine vorläufige Beurteilung«, warnte er uns. »Ich muß die Gemälde noch genauer prüfen und mit den italienischen Behörden sprechen, ehe ich eine offizielle Erklärung wagen kann.«
»Selbstverständlich, Inspektor«, sagte Greg. Er dankte ihm und wandte sich dann mir zu. »Damit ist die Sache gegessen. Ich lasse jetzt Harmon festnehmen.«
Ich zog ein Gesicht.
»Was ist denn?«
Es war schwer zu belegen, aber ich konnte mir nicht vorstellen, daß Harmon Joan wegen ihres Grundstücks getötet haben soll. Er hatte ja, wie Hank mir erzählte, immer irgendwelche großen Geschäfte laufen, aus denen dann nichts wurde. Und daß Harmon van Osten wegen des Bellini umgebracht haben sollte, konnte ich noch weniger glauben.
Die Diskrepanz zwischen der echten Schönheit des Bellini und Harmons vulgärer Plastikwelt war einfach zu groß. Und auch wenn Harmon der Preis des Bellini bekannt gewesen war, hätte er meiner Ansicht nach dafür nicht getötet. Im Gegensatz zu van Osten, Joan Albritton oder auch Greg Marcus fehlte Harmon einfach das Verständnis für den wahren Wert des Gemäldes.
Doch Greg Marcus war ein erfahrener Polizeibeamter, der nicht blindlings übereilte Schlüsse zog. Und eine Alternative hatte ich nicht zu bieten.
Ich sagte: »Nein, ich bin nur müde. Das war eine ziemlich harte Woche.«
»Soll ich dich zu Hause absetzen?«
»Bitte. Und erzähl mir, wie es mit Harmon gegangen ist.«
»Du hast ein Recht auf einen umfassenden Bericht. Ich rufe dich heute abend auf jeden Fall an.«
Auf der Heimfahrt lehnte ich meinen Kopf nach rückwärts an das Polster und versuchte, gegen meine Niedergeschla-

genheit anzukämpfen. Nicht nur war mir nun der Fall ganz aus den Händen genommen; ich fürchtete außerdem, daß Greg und ich die wahren Hintergründe über die Morde verkannt hatten.

24

Zu Hause aß ich erst einmal etwas, dann wusch ich mir das Haar und setzte mich auf die Feuertreppe hinaus, um es trocknen zu lassen. Im Hof war es still, da die Kinder noch in der Schule waren. Die Sonne lag warm auf meinen Schultern, und aus der Ferne hörte ich die unbekümmerten Töne lateinamerikanischer Musik. Ich sah einer Frau zu, die auf ihrem Balkon Wäsche aufhängte. Unheimlich viele Babysachen. Ihre Bewegungen waren müde und schwerfällig. Bei ihrem Anblick fiel mir ein, daß ich meine Mutter nicht zurückgerufen hatte. Ich ging hinein und rief sie in San Diego an.

Wie gewöhnlich befand sich die Familie McCone in einer kleineren Krise. Ich hörte meiner Mutter geduldig zu, wie sie mir erklärte, daß mein älterer Bruder John verhaftet worden sei, weil er monatelang seine Strafzettel nicht bezahlt hatte. Zu allem Überfluß hatte er auch seinen Job verloren, und mein Vater weigerte sich in einem seltenen Anfall von Starrköpfigkeit, Johns Frau Karen mit den drei Kindern ins Haus zu nehmen, bis das Gewitter sich wieder verzogen hätte. Inzwischen war aber alles schon wieder in schönster Ordnung, da meine Mutter ihren gewohnten beschwichtigenden Einfluß geltend gemacht hatte, und vier zusätzliche Leute im Haus waren im Grund ja keine Belastung, zumal die Kinder noch so klein waren.

»Trotzdem ist es für deinen Vater und mich schwer«, schloß meine Mutter, »daß deine Brüder immer wieder mit der Polizei in Konflikt geraten.«

Um sie aufzumuntern, sagte ich: »Dafür hab *ich* keinerlei

Konflikte mit der Polizei. Ich hab gestern abend sogar einen Lieutenant vom Morddezernat geküßt.«
»Ach, Sharon«, meinte meine Mutter seufzend, »du bist doch nicht etwa in einen Mord verwickelt?«
»Nein, Ma«, schwindelte ich.
»Gut. Sieht er nett aus?«
»Ja.«
»Triffst du ihn wieder?«
Inzwischen tat es mir leid, daß ich davon gesprochen hatte.
»Wahrscheinlich.«
»Schön, aber paß nur auf, daß du nicht schwanger wirst.«
Schwangerschaften waren neben Verhaftungen die Hauptsorge meiner Mutter; sie waren die Spezialität meiner beiden jüngeren Schwestern.
»Mutter! Bin ich je schwanger gewesen?«
»Nein, aber man kann nicht behaupten, daß du's nicht versucht hast.«
Ich liebe meine Familie wirklich, aber bei solchen Gesprächen bin ich immer froh, daß ich fünfhundert Meilen entfernt lebe.
Es wurde vier Uhr, und ich rannte in finsterer Niedergeschlagenheit in meiner Wohnung hin und her. Mich quälte die immer stärker werdende Überzeugung, daß ich bei meinen Bemühungen, den Mord an Joan Albritton aufzuklären, eine entscheidende Tatsache übersehen hatte. Außerdem stieg die Langeweile ins Unerträgliche. Um halb fünf hinterließ ich bei meinem Auftragsdienst eine Nachricht für Greg: Ich würde in dem Laden in der Salem Street zu erreichen sein. Ich wollte dort Ordnung machen. Das gab mir wenigstens Gelegenheit, etwas Nützliches zu tun.
Ehe ich ging, vergewisserte ich mich, daß ich die 38er noch in der Handtasche hatte.
Doch im Laden mußte ich bald einsehen, daß ich mich mit meinem Anspruch, dort Ordnung zu schaffen, weit überfordert hatte. Nach einigen beherzten Versuchen, die nichts brachten, gab ich auf und setzte mich neben Clotilde aufs

Sofa. In der dichter werdenden Düsternis starrte ich die kopflose Puppe in ihrem roten Paillettenkleid an. Da saß sie nun, aufgeputzt und hübsch gemacht, und hatte doch kein Ziel. Es ging ihr wie mir, dachte ich, sie mußte sich sinnlos vorkommen.

»Verdammt noch mal, Clotilde, ich weiß genau, daß die Antwort auf meine Frage sich hier in diesem Laden befindet. Das Schlimme ist nur, daß ich die Frage noch nicht weiß.«

Clotilde enthielt sich jeden Kommentars.

»Harmon hat wahrscheinlich die Brandanschläge auf dem Gewissen und hat sich mit Erpressung in die Schmuggeloperation reingedrängt, aber die Morde kann er gar nicht gestehen, weil er sie nicht begangen hat. Ich habe einfach das wichtigste Stück in dem ganzen Puzzle übersehen.«

Stille.

»Und Greg – Greg war die ganze Zeit auf der falschen Fährte. Erst konzentrierte er sich auf Charlie, und jetzt stürzt er sich mit der gleichen Engstirnigkeit auf Harmon. Ich hab das Gefühl, daß er absichtlich etwas außer acht gelassen hat, aber ich weiß nicht, was und auch nicht, warum.«

Clotilde schien sich in meiner Gesellschaft zu langweilen.

Ich stand auf und wanderte zu Bruno hinüber.

»Was wohl jetzt aus dir werden wird, Bruno«, sagte ich und tätschelte ihm den Kopf, »wo Joan nicht mehr da ist, um dich zu beschützen?«

Wieder nur Stille.

Ich konnte mir plötzlich vorstellen, wie Joan in diesem stillen, düsteren Laden mit der Zeit ein wenig versponnen geworden war. Kein Wunder, daß sie mit Clotilde und Bruno und dem kleinen Jungen im Matrosenanzug gesprochen und versucht hatte, sie zum Leben zu erwecken. Ich ging durch den Gang zu Edwin Eisenschuh, der allein in seiner dunklen Ecke stand.

Die Schaufensterpuppe hatte den Blick wie immer zur Wand gerichtet.

»Armer Edwin«, sagte ich. »Jetzt hast du nichts mehr zum

Ansehen. Die blanke Wand nach einem Bellini. Hast du eigentlich erkannt, daß es ein Meisterwerk war, oder hatte sich dein kritisches Auge noch nicht so weit entwikkelt?«

Edwin würdigte mich keines Blickes.

»Edwin, es ist blöd, eine kahle Wand anzustarren. Warum drehst du dich nicht um?«

Stille.

»Sharon McCone, du bist wirklich dabei, verrückt zu werden!« rief ich laut. Zu Edwin gewandt fügte ich hinzu: »Es ist ja nicht deine Schuld, daß du so unfreundlich bist. Du könntest dich nicht mal umdrehen, wenn du es wolltest. Schließlich hat Charlie dich am Boden festgenagelt.«

Ich lächelte bei der Erinnerung an Joans hübsche kleine Verkaufsnummer. Wie lange hatte sie die kunstvolle, sicher häufig geprobte Komödie mit Edwin gespielt? Seit gut zwei Jahren, seit dem Herbst vor dem Tod ihres Enkels.

Mit Trauer erinnerte ich mich, wie Joan mich mit aufmerksamem Blick angesehen und gefragt hatte: »Sind Sie vielleicht eine Kunstliebhaberin?« Und als Cara Ingalls in den Laden gekommen war, hatte sie mit ihr das gleiche Stück aufgeführt, obwohl das sicher eine Frau war, die für solche Fantasien wenig übrig hatte. Aber Joans Traumwelt hatte wohl selbst die fantasielosesten Leute in ihren Bann gezogen. Und auch das Wissen, daß sie eine Betrügerin gewesen war, konnte mein Vergnügen an den Fantasien der Toten nicht dämpfen.

Zum Beispiel dieser Einfall, Edwin als Kunstkenner hinzustellen.

Eine Verkaufsmasche.

Sie hatte sich diese »Masche« vor zwei Jahren ausgedacht, im Herbst, zu einer Zeit, als sie viel mehr Geld brauchte, als der Laden einbringen konnte.

»Sind Sie vielleicht eine Kunstliebhaberin?«

Ben Harmon hatte vorgehabt, Joan einen neuen Laden zur

Verfügung zu stellen. Vermutlich hätten sie dann in noch viel größerem Umfang geschmuggelt. Hätte Edwin mit dem Blick zur Wand auch in dem neuen Laden zum Inventar gehört?

Edwin, der Kunstkenner.

Als ich Edwin das erste Mal sah, hatte er ein Gemälde von Hirten auf einem Feld betrachtet.

Eine Verkaufsmasche.

Ich begann zu zittern.

»Edwin«, flüsterte ich. »Edwin, warum hast du es mir nicht gesagt?«

Was sonst gehört zu einer Madonna mit Kind und den drei Weisen aus dem Morgenland?

Hirten. Hirten mit ihrer Herde auf einem Feld.

Und was hatte mir Paula über Kunstsammler gesagt? Für manche von ihnen besteht die erregende Spannung gerade darin, daß sie ganz allein ein verbotenes Kunstwerk besitzen und genießen können.

Ich rannte durch den Gang zum Telefon. Aber als ich abhob, kam kein Signal. Natürlich, man hatte das Telefon abgestellt.

Ich knipste die kleine Lampe auf dem Verkaufstisch aus, nahm meine Tasche und machte mich auf den Weg durch den dunklen Raum zur Tür.

Auf halbem Weg blieb ich stehen. Von der Straße näherten sich Schritte. Ich hatte gerade noch Zeit, hinter den Verkaufstisch zu tauchen, als sich ein Schlüssel im Schloß bewegte.

25

Die Tür wurde geöffnet und geschlossen, jemand ging durch den Laden direkt zu Edwin. Ich schob meine Hand in die Tasche und umschloß meine Waffe. Die Person kam zurück und ging ins Hinterzimmer.

Ich nahm die 38er heraus und kroch auf allen vieren bis zur

Wand. Mit der linken Hand tastete ich nach dem Lichtschalter. Als ich ihn gefunden hatte, stand ich auf und knipste gleichzeitig das Licht an.
Cara Ingalls kauerte im Hinterzimmer auf dem Boden und inspizierte im Schein einer Taschenlampe einen Stapel gerahmter und ungerahmter Gemälde. Sie fuhr erschrocken hoch, und ihr Gesicht nahm den Ausdruck eines in die Enge getriebenen Tieres an. Sie war ganz in Schwarz, selbst das Hütchen, das ihr Gesicht beschattete, war schwarz. Das ideale Einbrecherkostüm.
»Da finden Sie den Bellini nicht, Cara.« Ich richtete die Pistole auf sie. »Legen Sie die Taschenlampe weg und stehen Sie auf.«
Sie blieb in der Hocke und umfaßte die Lampe so fest, daß ihre Knöchel weiß hervortraten.
»Ich weiß nicht, was Sie da reden. Ich bin dabei, mir das Anwesen anzusehen. Ich werde es nämlich kaufen.«
»Die Polizei hat beide Tafeln des Altarbildes. Die wollen auch die haben, die in Ihrem Besitz ist.«
»Welches Altarbild? Ich weiß überhaupt nicht, wovon Sie sprechen.«
Ihre bernsteinhellen Augen huschten hin und her.
»Ich spreche von dem Gemälde, das Sie von van Osten und seinen italienischen Komplicen kauften. Vermittelten Sie ihnen auch Kontakte zu anderen Sammlern? Wie hoch war Ihre Beteiligung am Profit?«
»Sagen Sie mir das doch, wenn Sie schon so viel wissen.«
»Bestimmt nicht so hoch wie Harmons.«
»Harmon!« Sie spie mir den Namen vor die Füße. »Was wissen Sie denn von Harmon?«
»Ich weiß, daß er an dem Schmuggelunternehmen beteiligt war. Wie ist er da überhaupt dran gekommen?«
»Sie wissen viel zuviel. Dieser widerliche Kerl kam überhaupt nur durch Joans lächerliches Getue mit der Schaufensterpuppe – wie heißt sie gleich? – auf die Idee, daß da was läuft.«

»Edwin.«
»Edwin.« Sie prustete voller Geringschätzung. »Joan hatte sich dieses dämliche Theater einfallen lassen, um die Sammler zu identifizieren, wenn sie kamen, um sich ihre Bilder abzuholen. Harmon kriegte die Schau, die Joan da aufführte, ein paarmal mit, und ihm fiel auf, daß sie immer nur zu bestimmten Gelegenheiten ihre Komödie spielte.«
»Und dann kaufte jedesmal jemand ein Bild von Edwins Wand.«
Cara Ingalls lachte bitter. »Joan war eine verschrobene Person. Oliver fand ihre Launen nicht so schlimm, er meinte, Hauptsache, sie ist glücklich, aber er hätte dieses Theater nie erlauben sollen. Als Harmon einmal neugierig geworden war, gelang es ihm, den Rest auch noch aus der Alten herauszukitzeln.«
»Und dann?«
»Dann setzte er Oliver unter Druck. Er wollte einen Anteil, außerdem Joan in einen größeren Laden setzen und das Geschäft erweitern.«
»Und außerdem wollte er ihren Grund.«
Cara Ingalls nickte. »Und jetzt wollen *Sie* was. Also – wieviel soll es kosten?«
Ich schüttelte den Kopf.
»Ich sagte es Ihnen schon – die Polizei hat zwei Tafeln des Altarbildes. Die dritte, die mit den Hirten, die Sie im letzten Herbst hier abgeholt haben, ist bei Ihnen. Ich möchte wissen, wie es kam, daß die Schmuggeloperation in die Brüche ging.«
Ihre Augen glitzerten. »Darüber kann ich Ihnen nichts sagen.«
»Auch nicht über die Ermordung Joan Albrittons? Und Oliver van Ostens?«
Ihr Gesicht wurde blaß. Mit einer blitzartigen Bewegung schleuderte sie plötzlich die Taschenlampe nach mir. Als ich mich duckte, stürzte sie auf mich und riß mich zu Boden. Die Pistole flog mir aus der Hand.

Ich rutschte an die Wand und suchte meine Waffe, aber ehe ich sie entdeckte, warf sich Cara Ingalls schon wieder auf mich, in der Hand ein dolchähnliches Messer. Das Exemplar, das aus der Vitrine fehlte!

Ich erstarrte vor Angst, die Augen auf die scharfe, zweischneidige Klinge geheftet, die sich meinem Hals näherte. Ich sah van Ostens hellen Teppich, von Blut getränkt. Cara Ingalls wußte sehr gut mit diesem Messer umzugehen.

»Sie wollen wissen, wie das mit Albritton und van Osten war?« Ihre Augen waren nur Zentimeter von meinem Gesicht entfernt, und die Messerspitze berührte das Grübchen an meinem Hals.

Ich zwang all meine Angst und mein Entsetzen hinunter, da ich wußte, daß solche Emotionen sie nur erregen würden. Diese Neigung zum völligen Verlust der Beherrschtheit, den ich neulich schon bei ihr gespürt hatte, war jetzt deutlich in ihren Augen zu sehen.

So ruhig wie möglich sagte ich: »Sie hatten eigentlich nicht die Absicht, Joan zu töten, nicht wahr?«

Ihr Atem wehte mir in heißen kleinen Stößen ins Gesicht, während ihre hellen Augen in den meinen forschten. Dann wich sie ein Stück zurück, immer noch auf der Hut, aber doch so weit, daß sie mich nicht mehr berührte.

»Ich wollte überhaupt niemanden töten.« Sie zitterte stark. »Van Osten erhöhte plötzlich den Preis für die anderen Tafeln des Altarbildes. Er wußte, daß ich mit dem Hirtenbild ohne die anderen Teile nichts anfangen konnte.«

»Das war nicht fair. Warum hat er das getan.« Ich hockte, das linke Bein unter mir angewinkelt, an der Wand. Aber das Bein schmerzte zu sehr, als daß ich mich darauf hätte abstützen und einen Sprung wagen können. Cara Ingalls war immer noch direkt vor mir, das Messer in der Hand, das jede Bewegung meinerseits gefährlich machte. Ich konnte meine Pistole im trüben Licht nirgends sehen.

»Er wußte, daß ich die Albritton getötet hatte. Er kam rein und entdeckte mich mit der Leiche.«

Die rauchige Stimme wurde schrill. Mit meiner Frage hatte ich Cara Ingalls' unersättliches Bedürfnis nach emotionaler Zuwendung gereizt, dieses Bedürfnis, das sie mir schon am Tag zuvor zeigte, als sie mir die Geschichte von ihrem Vater erzählt hatte. Auf ihrem steilen Weg nach oben hatte sie sich wahrscheinlich nie einem Menschen anvertraut, wo sie unter dem Druck von Mord und Erpressung zusammenzubrechen drohte, erschien ich ihr wohl als ein Mensch, der, wenn auch nur kurz, bereit war, ihr zuzuhören.
Ich ermutigte sie in diesem Glauben. »Wie war das mit Joan Albritton?«
Sie schauderte. »Am Montag abend kam ich hier in den Laden, um sie zu überreden, die beiden anderen Bellinis und das Grundstück direkt an mich zu verkaufen. Van Osten, der zu Harmon hielt, hatte mir gedroht, die beiden Bellinis zurückzuhalten, wenn ich nicht mein Angebot für den Grund hier zurückzöge. Außerdem ging das Schmuggelunternehmen nicht mehr richtig. Unser italienischer Kontaktmann hatte Schwierigkeiten, die gestohlenen Gemälde in den Fabriksendungen unterzubringen. Zum Beispiel lag zwischen der Lieferung der ersten Tafel des Altarbildes und der nächsten eine Frist von vier Monaten. Ich wußte, es war an der Zeit, etwas zu unternehmen. Aber da eröffnete mir das blöde Frauenzimmer, daß sie sich ganz aus dem Geschäft zurückziehen würde, und sagte, sie schulde mir überhaupt nichts. Es gab Streit, und sie beschimpfte mich scheußlich. Ich sah die Messer in der offenen Vitrine und ...«
Sie stockte, und beinahe hätte sie das Messer gesenkt. Ich wollte mich aufrichten, aber da war das Messer schon wieder da.
Rasch fragte ich: »Was sagte sie denn?«
Cara Ingalls schüttelte sich heftig. »Sie nannte mich einen Aasgeier. Sie sagte, ich lebte auf Kosten der Leute, die ich ruiniert hätte. Sie sagte, ich wäre unmenschlich, sie fände mich krank und ekelhaft.«
Ich fröstelte bei der Erinnerung an Joans letzte Worte zu

Charlie. »Du bedeutest mir jetzt nichts mehr.« Ihre Abscheu vor Cara Ingalls war wahrscheinlich eine Projektion ihres Selbsthasses gewesen, die sie wegen ihrer Grausamkeit zu Charlie quälte.
Cara Ingalls, die mich aufmerksam beobachtete, sagte leise: »Ist es nicht furchtbar, einem Menschen so etwas zu sagen?«
Ich nickte. Es war furchtbar, aber nicht so furchtbar, daß man dafür töten mußte. Umsonst hielt ich nach meiner Pistole Ausschau.
»Und dann kam van Osten herein?«
»Ja. Er wollte die Madonna holen, damit ich sie nicht bekäme, ehe ich mein Angebot für den Grund zurückgezogen hatte. Er sagte, ich solle hier verschwinden, er würde sich um alles kümmern. Erst als ich in meinen Wagen stieg, sah ich, daß ich das Messer noch in der Hand hatte. Es war ganz voller Blut.«
Sie machte ein angewidertes Gesicht.
Wie unangenehm für dich, dachte ich. Laut fragte ich: »Und wann hörten Sie wieder von van Osten?«
»Am nächsten Tag. Er rief mich an und erhöhte den Preis für die Madonna.«
»Und gestern abend suchten Sie ihn in seiner Wohnung auf, um zu zahlen?«
Mein linkes Bein tat jetzt nicht mehr so weh. Ich versuchte, es gegen die Wand zu stemmen. Cara Ingalls sprach schnell, unaufhaltsam. Wenn ich jetzt meine Pistole gehabt hätte, wäre ein Überraschungsangriff möglich.
»Aber van Osten hatte das Bild nicht. Er sagte, ich könnte es vergessen, er hätte sogar auf Ben Harmons Brandstiftungsstrategie zurückgegriffen, um es sich zu beschaffen, aber auch das hätte nicht gefruchtet. Statt dessen schlug er mir plötzlich vor, wir sollten Harmon abschieben, ich solle den Grund doch kaufen und dann mit ihm eine richtige, große, gut organisierte Schmuggelorganisation aufziehen. Bei meinen Kontakten zu Sammlerkreisen, sagte er, könne da gar nichts schiefgehen. Ich wußte, was er meinte: Er würde mich

für den Rest meines Lebens in der Hand haben. Ich mußte mich schützen. Ich mußte an mich denken.«
»Und da griffen Sie zum Messer.«
Ihre Pupillen waren riesengroß. »Ich wollte ihn nicht töten.«
Aber ich hatte van Osten auf dem blutgetränkten hellen Teppich liegen sehen. Und jetzt sah ich auch meine Pistole. Sie lag dicht an der Wand auf der linken Seite von mir. Ich stemmte den Absatz an die Wand. Wie in einem Reflex hob Cara Ingalls wieder das Messer.
»Keine Chance, Cara«, sagte ich grausam. »Keine Chance.«
Sie war verwirrt über diesen plötzlichen Entzug von Teilnahme.
»Wie meinen Sie das, ›keine Chance‹?«
»Leute, die nicht töten wollen, nehmen zu ihren geschäftlichen Verabredungen keine Messer mit, schon gar nicht Messer, mit denen sie schon einmal getötet haben.«
Noch während ich sprach, stieß ich sie mit beiden Händen nach rückwärts und faßte nach dem Messer. Es schnitt mir quer durch die Handfläche, und Blut spritzte. Ich schrie auf vor Schmerz, warf mich auf Cara Ingalls und schlug ihr mit der Faust das Messer aus der Hand. Es rutschte klirrend über den Boden.
Ich zwang sie nieder und griff nach meiner Pistole. Aber ich konnte sie nicht erreichen und gleichzeitig Cara Ingalls festhalten. Schon fing sie an, sich zu wehren, und versuchte, das Messer zurückzubekommen. Noch während wir miteinander kämpften, ging die Ladentür auf.
»Sharon?« rief Greg Marcus. »Cara? Wo seid ihr?«
Cara Ingalls schleuderte mich von sich und stürzte in den Verkaufsraum hinaus. Ich sprang auf und rannte ihr hinterher.
»Halt sie auf! Halt sie auf! Sie ist die Mörderin«, schrie ich.
Während ich Cara Ingalls durch den Laden nachlief, sah ich

Greg mit gezogener Waffe an der Tür stehen. Warum schoß er nicht?
Ich stürzte mich auf Cara Ingalls, riß sie zu Boden, drehte ihr den Arm auf den Rücken. Sie schrie einmal auf, dann lag sie still.
Keuchend sah ich zu Greg auf, der wie erstarrt stand.
»Tu doch was, verdammt noch mal!« schrie ich. »Sie hat beide wegen des Bellinis umgebracht. Sie hat bei der ganzen Sache mitgemischt.«
Er winkte einem uniformierten Beamten, der hinter ihm eingetreten war, dann senkte er die Waffe, kam zu mir und reichte mir die Hand, um mir aufzuhelfen. Er sah völlig verstört aus.
»Alles in Ordnung?«
Ich sah auf unsere verschlungenen Hände hinunter. Sie waren mit Blut beschmiert. Ich zog meine Hand weg und strich mir das Haar aus dem Gesicht.
Greg packte meine Hand und drehte sie mit der Fläche nach oben.
»Gott sei Dank«, sagte er erleichtert. »Es ist nur eine kleine Wunde. Sie ist zwar tief, aber du wirst es überleben. Ist sonst alles in Ordnung?«
Zorn verdrängte meine Angst. »Ja, ich werd es überleben. Aber dir hab ich das nicht zu verdanken. Warum hast du sie nicht aufgehalten?«
Er schüttelte nur den Kopf und zog mich an sich. Nach einigen Sekunden sagte er: »Es tut mir so leid, Sharon. Nachdem ich deine Nachricht bekommen hatte, wollte ich einen Mann zur Überwachung herschicken. Wir hatten Frankie noch nicht aufgestöbert, und ich wollte dich nicht ganz allein hier wissen. Caras Firmenwagen stand draußen. Ich dachte, es hätte etwas mit dem Grundstücksverkauf zu tun...«
Er brach ab, und eine Minute lang hielten wir einander nur schweigend umfangen. Dann ließ er mich los und blickte auf Cara Ingalls hinunter. Sie hatte sich nicht gerührt.

»Steh auf, Cara!« sagte er.
Sie hob den Kopf, das Gesicht benommen. »Nicht, Greg.«
Ich sah verwirrt von einem zum anderen.
»Du kennst sie?«
Greg nickte. »Sie ist die Freundin, von der ich dir erzählt habe. Die mir die Tür zur Welt der Kunst öffnete.«
Ich starrte ihn nur wortlos an. Damit war vieles erklärt.
Greg sah wieder zu Cara Ingalls hinunter, die sich jetzt halb aufgerichtet hatte.
»Ich sagte, steh auf, Cara.«
Sie setzte sich auf, aber dann schien alle Kraft sie zu verlassen. Mit einer müden Bewegung strich sie ihr blondes Haar zurück, dann sah sie Greg an und sagte wieder: »Nicht, Greg.« Sie streckte ihm die Hand hin.
Greg ließ sie auf dem Boden sitzen. In leerem, unpersönlichem Ton begann er: »Sie haben das Recht, die Aussage zu verweigern. Sie haben das Recht ...«
Cara Ingalls' Gesicht verzerrte sich, als wolle sie zu schreien anfangen. Und wenn sie das tat, würde sie nie wieder aufhören.

26

Hank Zahn, Charlie Cornish und ich saßen am runden Tisch vor dem großen Küchenfenster in der Kanzlei. Die Stadt unter uns schlief. Es war fünf Uhr morgens, und wir hatten fast zwei Liter billigen kalifornischen Rotwein getrunken.
Ich hatte meine Hand von einem Arzt behandeln lassen, meine Aussage zu Protokoll gegeben und war dann direkt in die Kanzlei gefahren, um Hank zu berichten. Dort erinnerte ich mich meines Versprechens an Charlie und rief ihn an, um ihm mitzuteilen, daß ich Joans Mörder geschnappt hatte. Er ließ es sich nicht nehmen, in die Kanzlei zu kommen. Er wollte die ganze Geschichte mit allen Details hören.
Jetzt sagte er: »Wenn ich gewußt hätte, daß dieses Weib Joan

getötet hatte, dann hätte ich sie heute abend, als sie sich den Schlüssel bei mir holte, mit eigener Hand umgebracht.«
Hank und ich nickten leicht betrunken.
»Mensch, die kommt rein und verlangt den Schlüssel, als wäre sie schon die Eigentümerin von allem. Mit ihrem dicken Firmenauto draußen. Sagt, sie will sich das Anwesen ansehen. Tat, als wär ich der letzte Dreck. Mann, ich wollte, ich hätte sie abgemurkst.«
»Ich bin eigentlich ganz froh, daß Sie's nicht getan haben«, sagte Hank, »sonst wär ich jetzt unten auf dem Gericht und könnte nicht hier in aller Gemütlichkeit meinen Vino genießen. Außerdem wäre dann die Geschichte gar nicht rausgekommen.«
Charlie knurrte verächtlich. »Ha! Dieses Weib hat sich garantiert inzwischen so einen Superanwalt besorgt, der dafür sorgt, daß sie keinen Ton mehr sagt.«
Ich schüttelte den Kopf.
»Sie hat auf ihr Recht, einen Anwalt zu konsultieren, verzichtet und vor Greg Marcus, der großen Liebe ihres Lebens, ein umfassendes Geständnis abgelegt. Es wundert mich, daß er sie überhaupt reden ließ; er stellte sich ihr gegenüber doch von Anfang an blind. Sogar als ich sie durch den Laden jagte, stand er nur da wie vom Blitz getroffen...«
Ich konnte nicht weitersprechen. Ich fand, Greg hatte mich schnöde im Stich gelassen, zuerst im Laden und dann später auf der Dienststelle, als er plötzlich den kühlen, sachlichen Beamten herauskehrte. Verletzt und im Schock, wie ich war, hätte ich seelische Unterstützung gebraucht, aber er hatte mir keine gewährt.
Hank warf mir einen besorgten Blick zu.
»Geh nicht zu hart mit ihm ins Gericht, Sharon. Es kommt ja nicht jeden Tag vor, daß einer seine ehemalige Freundin wegen Mordes in Gewahrsam nehmen muß. Und überleg dir auch mal, wie er sich jetzt fühlen muß – ziemlich blöde, nachdem er nur dagestanden hat und zusah, wie du seine Arbeit erledigst.«

»Ja, wahrscheinlich haßt er mich dafür, daß ich die Sache überhaupt ins Rollen gebracht habe. Ich glaube, er hatte von Anfang an den Verdacht, daß Cara in die Geschichte verwickelt war, aber er wollte es nicht wahrhaben.«

»Das wäre doch ganz natürlich«, meinte Hank, »selbst für einen so guten Polizeibeamten wie Greg. Du weißt doch, daß ich dir mal erzählt habe, daß sich wegen Greg ein Paar aus unserer Cremegesellschaft hier scheiden ließ? Das waren Cara und Douglas Ingalls.«

Erst spürte ich Eifersucht, dann Zorn über meine Eifersucht.

»Und warum hat er sie nicht geheiratet und dafür gesorgt, daß sie keine Dummheiten macht?« fragte ich ironisch.

Hank lächelte. »Sie wollte ja gern, aber Greg war mit den Plänen, die sie für ihn hatte, nicht einverstanden.«

»Wieso? Was für Pläne waren das denn?« Ich hörte selbst die Feindseligkeit in meiner Stimme.

Hank hatte sie offensichtlich auch gehört, denn er lachte leise.

»Cara Ingalls wollte nicht mit einem schlichten Polizeibeamten verheiratet sein – das wäre in ihren Kreisen unmöglich gewesen. Deshalb sollte Greg den Dienst quittieren und sich den vornehmeren Dingen des Lebens widmen, zum Beispiel dem Dienst an Cara und dem Dienst an der Kunst. Sie erbot sich sogar, ihm Malstunden zu bezahlen.«

Jetzt mußte sogar ich lächeln, wenn auch widerstrebend. Ich stellte mir Greg im Malerkittel mit der Palette in der Hand vor der Staffelei vor. Irgendwie lächerlich.

»Und da hat er ihr einen Korb gegeben?«

Hank nickte. »Greg ist aus Leidenschaft bei der Polizei. Es verletzte ihn, daß sie behauptete, ihn zu lieben, ihn aber dann nicht so haben wollte, wie er wirklich war. Er wies sie ab, und sie drohte mit Selbstmord. Aber da er sie inzwischen durchschaut hatte, sagte er ihr ganz ruhig, er habe keine Angst um sie, sie sei zu egozentrisch, um so etwas

Dummes zu tun. Cara warf eine Lampe, zwei Vasen und einen Aschenbecher nach ihm und rauschte davon.«
»Dann ist es also schon lange vorbei?« fragte ich.
»Länger als drei Jahre. Ich glaube, dort im Laden hat Greg sie seitdem zum erstenmal wiedergesehen.« Hank machte eine Pause und trank einen Schluck Wein.
»Weißt du«, fuhr er dann fort, »Gregs erste Reaktion auf dich war durch seine Erfahrung mit Cara gefärbt. Er spürte bei dir die gleiche Kraft und Selbständigkeit, deshalb wollte er dich unbedingt auf deinen Platz verweisen. Zum Glück hast du dir das nicht gefallen lassen.«
Ich schnitt eine Grimasse. »Aber er hat's verbissen versucht.«
Hank lachte. »Du hast keine Ahnung, wie sehr ihm das zugesetzt hat. Am Mittwoch abend war ihm klargeworden, wie sinnlos seine Bemühungen waren, und da rief er mich wütend an und verlangte von mir, ich solle dich zurückpfeifen. Ich machte ihm klar, daß er sich lächerlich machte und daß seine negative Reaktion mit der schlimmen Zeit mit Cara zu erklären sei. Außerdem machte ich ihn darauf aufmerksam, daß Kraft und Eigenständigkeit bei einer Frau nicht unbedingt mit Rücksichtslosigkeit oder Gleichgültigkeit anderen gegenüber gleichzusetzen sind. Als wir uns richtig angebrüllt hatten, wirkte er gleich viel ruhiger.«
Mittwoch abend. Das also war die Aussprache gewesen, von der Greg mir im Museum kurz berichtet hatte.
»Also dann, vielen Dank.« Ich hob mein Glas und prostete Hank zu. »Dank deines Vortrages wurde er zu einem ganz sympathischen menschlichen Wesen. Nur schade, daß er mich nach der Szene in Joans Laden sicher nie wiedersehen will.«
Hank zog die Brauen hoch.
»Willst du ihn denn wiedersehen?«
»Aber natürlich. Er wollte mir Cézanne nahebringen.«
Hank runzelte die Stirn.

»Ich dachte, du könntest ihn nicht ausstehen. Greg, meine ich, nicht Cézanne.« Sein Ton war scherzhaft.
Mit Würde entgegnete ich: »Wir haben alle das Recht, unsere Meinung zu ändern.«
Hank sah Charlie an. »Ich glaube, ich werde Frauen nie verstehen lernen.«
»Hm?« Charlie, der über seinem Wein eingenickt war, fuhr hoch.
»Frauen – ich versteh sie nicht.«
»Tja, da brauchen Sie mich nicht so anzusehen«, sagte Charlie. »Ich hab sie auch nie verstanden. Joan sagte immer, ich wäre ein alter Narr, und wahrscheinlich hatte sie recht. Aber verdammt noch mal, für sie war ich gern ein Narr.«
Hanks Miene wurde ernst. »Sie war eine feine Frau. Sie wird uns allen fehlen.«
»Ja. Jeden Morgen wache ich mit der Erwartung auf, sie zu sehen. Und dann fällt mir alles wieder ein.« Er trank mit schwermütigem Blick von seinem Wein. »Irgendwie hab ich jetzt, wo sie die Mörderin erwischt hahen, ein bißchen mehr Frieden. Und wahrscheinlich hilft's auch, daß ich offen über den letzten Abend gesprochen habe. Ich glaube, bald kann ich mich wieder an die guten Zeiten erinnern.«
Hank und ich nickten feierlich.
»Sagen Sie, Charlie, finden Sie, daß Sharon den Lieutenant wiedersehen sollte?« fragte Hank dann mit einem etwas boshaften Lächeln.
Charlie musterte mich einen Moment.
»Klar, der ist doch ein gutaussehender Mann, und wenn sie dauernd nur mit Kerlen, wie wir beide es sind, rumhängt, vertut sie ihre besten Jahre.«
»Ihr vergeßt«, warf ich ruhig ein, »daß der Lieutenant wahrscheinlich keine Lust hat, mich wiederzusehen.«
»Quatsch«, fuhr Hank dazwischen. »Er will dich sehen.«
Mir blieb fast die Luft weg. »Ehrlich? Woher weißt du das?«
Hank grinste breit. »Er hat mich angerufen, als du vorhin mit

Charlie telefoniertest. Er sagte, er wolle es meinem Urteil überlassen, aber wenn du nicht zu sauer auf ihn wärst, soll ich dich bitten, ihn anzurufen. Er ist gegen acht in seinem Büro.«

»Hank, warum hast du mir das nicht schon vorher gesagt?«

»Ich wiederhole, er wollte es meiner Beurteilung überlassen, und als du mir erzählt hast, wie's war, hörte sich das an, als wärst du stocksauer.«

»Oh.« Ich senkte den Blick. »Nein, ich bin nicht sauer.« Ich erkannte, daß Greg sich auf der Dienststelle aus Verlegenheit hinter der Maske des kühlen Beamten versteckt hatte. Rasch wechselte ich das Thema. »Und was wird jetzt, Charlie? Wem verkaufen Sie Ihr Grundstück?«

Er grinste. »Da die beiden Meistbietenden im Knast sind, werd ich wohl auf neue Angebote warten müssen. Ich mach mir da keine Sorgen.«

»Haben Sie immer noch vor, in die Valencia Street umzuziehen?« fragte Hank. »Oder hat sich da was geändert, da Bigby ja sein ganzes Lager verloren hat.«

»Nein, nein«, antwortete Charlie. »Austin hat zwar nicht mehr viel Ware, aber er kann sein Wissen und seine Erfahrungen beisteuern. Außerdem hab ich mehr Ware und Kapital, als ich für mich allein brauche, da Joanie mir ja ihr ganzes Vermögen hinterlassen hat.«

Ich sagte es nicht laut, aber ich dachte daran, woher ein großer Teil dieses Vermögens gekommen war.

»Ach, Sharon, ich weiß, was Sie denken«, sagte Charlie. »Unrecht Gut... Aber vergessen wir das doch. Was Joanie getan hat, war gesetzwidrig, aber sie tat es doch für den Jungen, nicht für sich. Alles, was Joan getan hat, tat sie für andere Menschen, nie für sich selbst.«

»Gut, ich will's vergessen.« Ich fand es schön, daß Charlie sich seine Gefühle für Joan durch nichts schmälern lassen wollte.

»Die Waren aus Joanies Laden sind Ersatz genug für das, was

Austin verloren hat«, fuhr Charlie fort. »Aber da sind wir schon bei meinem Problem.«
Hank und ich sahen ihn fragend an.
»Edwin und Clotilde nehme ich gern mit in den Laden«, sagte er. »Die könnte ich niemals weggeben. Aber das Verrückte ist, daß ich mich verpflichtet fühle, den verdammten ausgestopften Hund auch noch mitzunehmen.«
Ich lächelte, und Hank stand auf, um neuen Wein einzuschenken. Schweigend und trinkend saßen wir beieinander und sahen zu, wie es draußen langsam hell wurde und die Sonne die Glastürme San Franciscos erleuchtete.
Nach einer Weile sah ich auf die Uhr. Es war sechs. In zwei Stunden würde ich Greg in seinem Büro anrufen.